KB155158

울트라 코리아

ULTRA KOREA

울트라 코리아 ULTRA KOREA

1판 1쇄 찍음 2021년 2월 23일
1판 1쇄 펴냄 2021년 3월 3일

지은이 | 정사부
펴낸이 | 정 필
펴낸곳 | (주)뿔미디어

편집장 | 문정흠
기획 · 편집 | 오복실

출판등록 | 2002년 9월 11일 (제1081-1-132호)
주소 | 경기도 부천시 원미구 소향로17, 303(두성프라자)
전화 | 032)651-6513 팩스 | 032)651-6094
E-mail | bbulmedia@hanmail.net
비북스 | http://b-books.co.kr

값 8,000원

ISBN 979-11-6565-921-9 04810
ISBN 979-11-6565-919-6 04810 (세트)

CoNTEnTs

1. JTV 예능국

상암동 JTV 예능국.

대한민국 방송사 중 공영 방송인 KBC 1, 2와 MBS, SBC.

이렇게 공중파 3사에서 케이블 TV와 종합 편성 채널로 다양해지면서 케이블 TV 방송인 JTV도 개국을 하였다.

초기, 뉴스를 중점으로 송출하던 JTV는 심의 규제가 공중파보다 약하다는 점을 이용해 좀 더 다양하고 자극적인 내용을 담은 드라마를 방영하면서 상당한 시청률을 확보하였다.

JTV와 비슷한 시기에 방송을 송출한 여느 케이블 TV 나 종합 편성 채널이 공중파 방송국들과 비교도 되지 않는 형편없는 시청률을 기록한 것과 달리, JTV는 정확하고 편파적이지 않은 공정한 뉴스 전달하였다.

그와 더불어 파격적인 드라마로 인해 공중파에는 미치지 못하지만, 케이블 TV로는 확실히 자리매김할 수 있었다.

이에 힘입어 JTV는 보다 공격적으로 채널을 키우기 위해 예능국을 신설해 예능 프로그램도 제작하기 시작하였다.

하지만 뉴스나 드라마와 다르게 JTV에서 방영하는 예능 프로그램은 기대에 미치지 못했다.

공중파 3사에서 방영되고 있는 예능 프로그램이 너무 재미있다 보니, 케이블 TV인 JTV의 예능을 찾아보지 않았던 것이다.

"이 부장, 이 시청률이 말이 돼?"

JTV 예능국 국장인 김진호는 회의실 테이블을 내려치며 호통을 쳤다.

현재 그가 자신의 아래에 있는 이장수 부장을 두고 큰 소리 치는 이유는 이러했다.

그와 경쟁 관계에 있던 드라마국의 이호완이 시청률을 가지고 놀렸기 때문이다.

JTV의 절대 강자인 보도국과는 확연한 차이가 있고, 고만고만했던 드라마국과 예능국이 비등한 입장에 있었는데, 몇 편의 드라마가 대박을 터뜨리며 성공했던 것이다.

그 때문에 비슷한 처지였던 드라마국과 예능국의 입장이 바뀌었다.

그런 이호완에게 오늘 대표 회의에서 시청률로 지적을 받았다.

시청률이 확 오른 드라마국에 비해 예능국은 아직도 이렇다 할, 성공한 예능 프로그램을 만들지 못해 대표 회의에서 눈치를 보고 있었다.

그러던 중에 얼마 전까지 같은 입장이던 이호완이 나서서 그를 저격했던 것이다.

이 때문에 대표 회의에서 한차례 탈수기처럼 탈탈 압박을 받은 김진호는 예능국으로 돌아와 이장수 부장을 갈구고 있었다.

"그, 그게……."

이장수는 회의에서 돌아온 뒤 자신을 호출해 갈구고 있는 김진호에게 변명하려 했지만, 이미 화가 머리끝까지 난 국장은 그의 변명을 들어 줄 여유가 없었다.

"응, 입이 있으면 말을 해 봐. 해 보라고."

입도 열지 못하게 바로 막아 버리면서 무슨 변명을

하란 말인가.

김진호의 성격을 잘 아는 이장수는 별수 없이 그저 잘못했다고 비는 수밖에 없었다.

"잘못했습니다. 이번에는 꼭……."

"이번에는? 좋아. 이번에는 뭔가 확실한 것을 보여 줄 수 있기를 바라지."

뭔가 결심했다는 듯 충혈된 눈을 부릅뜬 김진호의 눈빛에 이장수는 순간 숨을 멈췄다.

'헙! 젠장, 케이블이라 사람들이 잘 찾아보지 않는 것을 어쩌라고…….'

그랬다.

JTV의 예능이 먹히지 않는 것은 전적으로 접근성의 문제였다.

오랜 기간 자리를 잡은 공중파 예능에 비해 케이블 TV의 예능은 송출 시간을 아는 사람도 얼마 없을 정도로 아직 자리를 잡지 못했다.

"무, 물론입니다. 이번에 KBC와 MBS에서 잘나가는 유능한 PD들과 제작진, 유명 MC들을 섭외해 놨습니다. 그러니……."

"맞아, 그랬지."

이장수 부장의 말에 김진호가 눈을 반짝였다.

자신의 라이벌인 드라마국의 이호완 국장이 공중파에

서 PD와 작가들을 데려와 대박을 터뜨리는 것을 보았다.

그러니 예능국이라고 그렇게 해서 대박을 터뜨리지 말라는 보장이 없지 않은가.

비록 그들을 데려오기 위해 많은 계약금이 들어갔지만, 프로그램 하나만 뜨면 모두 메우고도 남는 장사였다.

"기다려라, 이호완. 내 이번에는 반드시……."

공중파에서 유명 PD와 작가들을 데려왔다는 이장수 부장의 말에 시선을 허공에 둔 채 뭔가를 다짐하던 김진호 국장은 두 손을 불끈 쥐었다.

*   *   *

회의실 안은 쥐 죽은 듯 고요한 침묵이 흘렀다.

예능국의 수장인 김진호 국장이 대표 회의에 참석한 후 돌아와 시작된 질타는 부장을 거쳐 CP와 PD, 그리고 예능국에 속한 촬영 스태프와 작가들에게까지 내려오게 되었다.

"누구 좋은 아이디어 없어?"

CP 중 한 명인 김현성이 회의실을 둘러보며 물었다.

부장인 이장수를 빼면 JTV 예능국에서 가장 연차가

높은 사람이었다.

물론 연차라 해 봐야 CP들은 모두 공중파 3사에서 스카우트되어 온 사람들이라 비슷했지만, 한 다리 거쳐 인맥을 형성하는 방송국이다 보니 타 방송국 출신이라고 해서 이를 무시하진 않았다.

그러다 보니 김현성 CP가 가장 연장자 대우를 받고 있었다.

"저……."

그 누구도 나서서 고양이 목에 방울을 달려고 하지 않을 때, 한 사람이 손을 들며 목소리를 냈다.

조용하던 회의장은 작은 목소리에도 불구하고 모든 사람의 시선이 그에게 쏠렸다.

"그래, 신 작가. 무슨 아이디어라도 있나?"

아무도 안건을 내놓지 않는 상태에서 작가 한 명이 목소리를 내자 그를 주목했다.

"전에 한 번 반려된 기획이 있지만 정말로 아까워서 다시 한번 이 자리에서 이야기해 봅니다."

처음의 조심스럽던 태도와 달리, 발언권을 얻기 무섭게 신영은 작가는 마치 브레이크가 파열된 기관차처럼 말을 쏟아 냈다.

"한 달 뒤에 국군의 날도 있고, 또 요즘 일본과 독도 문제는 물론이고, 러시아나 중국도 우리 영해에 침범을 하는 사례가 늘어나면서 좀 문제이지 않습니까?"

신영은 작가는 마치 웅변을 하러 나온 것처럼 자신의 생각을 토해 냈다.

"요즘 국민들은 안보에 관해 많은 관심을 가지고 있습니다."

"그렇긴 하지. 하지만 그런 것이야 보도국이 알아서 하겠지. 우린 보도국이 아닌 예능국이야!"

신영은 작가의 말에 한쪽에서 반박하듯 막아섰다.

"저도 알고 있습니다. 저희는 예능국이죠. 그렇다고 그런 걸 다루지 못할 것도 아니라고 봅니다."

"응? 그게 무슨 소리지?"

김현성이 고개를 갸웃거리며 물었다.

신영은 작가가 안보 문제를 예능국인 우리가 만들어 보자는 말이 좀 이해되지 않았기 때문이다.

안보, 즉 국방과 예능이란 소재가 예전에 전혀 없던 것도 아니고, 또 공중파에서 한때는 인기를 끌기도 했다.

하지만 그 프로그램은 나중에 PD가 조작해서 편집하는 바람에 조작 방송으로 찍혀 프로그램이 날아가 버렸다.

국방이나 안보와 관련된 방송은 대한민국 여건상 무척이나 예민한 문제라 조심해야만 한다.

정부는 물론이고, 국민의 시선에서 1이라도 어긋나는 문제가 발생했을 때는 그것을 방송한 방송국이 직격타를 입는다.

그렇기에 이제 와선 어떤 방송국에서도 군과 관계된 예능 프로그램을 만들지 않고 있었다.

그런데 지금 작가 한 명이 군과 연관된 예능을 만들자 말하고 있었다.

"우리 대한민국에 많은 특수부대가 있다고 알려져 있잖아요."

"그렇지. 해병대도 있고 특공대도 있고."

"특공대가 아니라 특전사요, 특전사."

"아, 맞아. 특전사…… 나도 알고 있었다고!"

공수 특전단을 줄여 그냥 특전사라 불렀는데, 김현성 CP가 이를 오래전 전쟁 영화에서 보았던 특공대라 말한 것을 다른 CP가 정정하자 무안해 소리치고 말았다.

"그런데 그게 어떻다고."

"여러 특수부대원들을 모아 경쟁을 시키는 겁니다. 어느 부대가 가장 최강인지를."

"아."

신영은은 누구라도 궁금해할 만한 소재를 이들에게 던져 주었다.

사람들은 누구든지 간에 싸움이 벌어지면 누가 이길

까 하는 주제에 관심을 갖는다.

다른 예로, 태권도와 가라테가 싸우면 혹은 쿵푸와 유도가 싸우면 등등 많은 경쟁 장르가 있겠지만, 주제를 던져 주면 사람들이 그것을 가지고 질리지도 않는지 열띤 토론을 한다.

이 특수부대들 또한 마찬가지다.

대한민국에는 다양한 편제의 특수부대가 있다.

흔히 알고 있는 해병대나 특전사 외에 해병 중에서도 특수 수색대인 포스리콘, 또 해군 특수부대인 UDT/SAEL, 공군에는 공정 통제사(CCT)와 항공 구조사(SART)가 있으며, 국군 정보 사령부로 통합된 HID, UDU, 20특무 전대가 있다.

사실 이 중 많은 부대들이 민간에 잘 알려지지 않았다.

하지만 세월이 흐르면서 그곳 출신들이 하나둘 방송을 통해 알려지며 우리나라도 초강대국인 미국 못지않게 특수부대가 많다는 것이 드러나게 되었다.

그리고 신영은은 주변국의 도발로 안보에 민감해진 요즘, 이런 특수부대원 출신들을 모아 서바이벌 게임을 찍자는 제안을 했던 것이다.

"음……."

"이거 좋은데요."

"오, 이런 기발한 생각이……."

여기저기서 신영은 작가의 아이디어에 감탄하였다.

민감한 소재이기는 하지만 잘만 하면 좋은 그림이 그려질 것 같았기 때문이다.

또한 시기적으로도 좋아 국민들의 관심을 모을 만했다.

특히나 대한민국은 성인 중 절반에 해당하는 남자들이 군대에 다녀오지 않았는가.

그것을 생각해 보면 시청률은 따 놓은 당상이었다.

뿐만 아니라 여성 중에서는 군에 자식이나 애인을 보낸 사람도 많다.

그러니 잘만 찍으면 욕먹을 일도 없고, 또 제작할 때 국방부에 협조를 요청한다면 충분히 도움을 받을 수 있었다.

"다만 장기로 찍을 수 없다는 단점이……."

소재는 좋으나 이 프로그램은 오랜 기간 촬영할 수 없다는 단점이 있었다.

촬영을 위해 특수부대원 출신 전역자들을 모집하는 것이 쉽지 않았고, 또 촬영한다 해도 한두 차례 촬영한 뒤 국방부나 군의 지원이 끊길 공산이 컸다.

그 이유는 어찌 되었든 특수부대원들의 훈련 과정이 일부 공개가 될 것인데, 만약 그것이 적성국에 흘러 들어간다면 좋지 않기 때문이었다.

아직 대한민국은 동포이기는 하지만 북한과 휴전을 한 상태이고, 수교를 하였어도 대한민국과 대치하고 있는 북한을 지원하는 중국과 러시아가 바로 곁에 존재했다.

대한민국과 미국은 동맹이고, 공산 국가인 북한, 중국, 러시아를 동북아에서 견제하는 한국, 미국과 함께 연합을 하고 있는 일본도 사실은 안심할 수 없는 나라이지 않은가.

한때 일본은 한반도를 식민지화했으며, 아직도 그 시절 한민족에게 가했던 잔악한 범죄를 인정하지 않고 적반하장으로 한국을 성토하고 있었다.

또 전범 국가이면서 일본의 정치인들은 끊임없이 일본의 헌법을 고쳐 군대를 가지려는 노력을 시도하는 중이었다.

아직도 대한민국 영토인 독도를 호시탐탐 노리고 있는 일본이기에 이들을 경계하지 않을 수 없었다.

그렇기 때문에 대한민국 전력을 함부로 내보일 수 없는 일이니, 이 프로그램은 처음부터 한계를 가지고 있었다.

"그렇지. 하지만 일단 우린 발등에 불이 떨어진 상태야."

"맞습니다."

"우선은 우릴 시청자들에게 알리는 것이 먼저인 거지."

김현성 CP는 현재 자신들의 위치를 생각하며 JTV에 예능국도 있음을 알려야 한다고 여겨 신영은 작가의 아이디어를 채택하기로 하였다.

어차피 회의를 더 해 봐야 여기 있는 이들 중에 이보다 더 좋은 아이디어를 낼 사람도 없음을 잘 알고 있어 그런 결정을 내렸던 것이다.

"일단 안건을 낸 신영은 작가하고 김 PD가 기획안을 짜 봐!"

"저 말입니까?"

"제가요?"

김현성 CP의 지적을 받은 신영은 작가와 김연성 PD가 물었다.

"그래, 이번 아이디어는 신영은 작가가 냈으니 당연히 메인 작가로 참여하고, 현재 프로그램을 하지 않고 있는 PD가 연성이 너밖에 없다. 그러니……."

김현성은 그렇게 두 사람에게 이번 일의 책임을 지우고 회의를 마무리하였다.

그러자 다른 사람들이 모두 자리에서 일어나 회의실을 빠져나갔다.

그때 김현성 CP는 막 회의실을 나가려던 김연성 PD와 신영은 작가를 불러 세웠다.

"김 PD, 신 작가는 잠시 남아 봐!"

"네."

막 회의실을 나가려던 두 사람은 김현성의 부름에 다시 자리에 앉았다.

회의실에 자신과 김연성, 그리고 신영은 작가, 이렇게 셋만 남자 김현성이 이야기하였다.

"이번 프로그램은 단기로 끝날 공산이 커. 하지만……."

이야기하는 김현성 CP의 눈이 무섭게 반짝였다.

비록 한 시즌으로 끝날 수도 있는 프로그램이지만, 제대로만 찍으면 전설이 될 수도 있을 작품이라는 걸 믿어 의심치 않았다.

"내가 부장님께 제작비는 확실하게 받아 줄 테니, 하나 잘 만들어 봐!"

"물론 제작비도 제작비지만 군의 협조가 가장 중요합니다. 우선……."

자신이 프로젝트의 메인 PD로 결정되자 김연성은 바로 머릿속에 어떻게 촬영을 할지 궁리하였다.

그렇기에 김현성 CP가 이야기하는 동안 머릿속에 여러 가지를 생각하며 콘티를 짜 봤다.

이런 것들을 CP인 김현성에게 이야기하였고, 그 옆에서 이를 듣고 있던 신영은 작가도 처음 자신이 안건을 냈던 것과 여러 생각들을 이야기하였다.

*　　　　*　　　　*

무더운 여름이 지나고 찬 바람이 불어왔다.

산에 있는 나무들은 푸른 옷을 벗고 누렇거나 붉게 단풍이 들었다.

첨벙첨벙!

타다다다!

"으아아."

검붉게 그을린 사내들 30여 명이 질척이는 골짜기를 달리고 있었다.

그들의 모습은 완전 군장을 짊어지고, 손에는 국군 제식 소총인 K—2를 개량한 버전인 K—2c2가 들려 있었다.

그런데 특이하게도 이들의 몸 어디에도 부대 마크가 부착되어 있지 않았으며, 가슴에 명찰마저 없어 이들의 소속을 의심케 하였다.

"선두 번호, 하나."

가장 먼저 도착한 사람이 번호를 시작하자 그 뒤로

선착순으로 도착한 사내들이 번호를 불렀다.

"둘."

"셋."

선착순으로 산악 코스를 달리고 돌아온 사내 서른세 명 인원이 모두 완주를 하고 번호가 끝나자 교관인 수호가 스톱워치를 눌렀다.

삑.

스톱워치를 누른 수호는 시간을 확인했다.

"37분 45초 08…… 잘했다."

아레스의 기간제 교관으로 계약한 수호는 가장 먼저 하고, 또 가장 중점적으로 신입들을 교육시킨 게 다름 아닌 체력 훈련이었다.

그저 단순한 체력 훈련이 아닌 전투에 필요한 모든 물자를 꾸리고, 또 실전처럼 제식화기를 가지고 하는 훈련이었다.

그러다 보니 모든 인원이 최소 30kg의 군장을 메고, 거기에 소총 무게까지 더해 약 38kg 이상의 짐을 지고 구보를 했다.

그것도 일반 평지가 아닌 산악 지대에서 말이다.

잘 정비된 운동장의 원형 트랙을 그 정도 짐을 지고 뛰는 것도 무척 힘든데, 수호는 일반 트랙이 아닌 등산로와 비슷한 산악을 달리게 했던 것이다.

처음 이런 훈련을 할 때는 사실 원성도 많았다.

하지만 이런 훈련을 하고 극복해야만 현장에 파견을 나갔을 때 자신의 목숨을 제대로 지키고, 지정한 의뢰를 정확하게 수행할 수 있기에 수호는 훈련생들의 항의를 들어 주지 않았다.

그렇다고 무턱대고 훈련생들에게 과한 훈련을 밀어붙이지도 않았다.

수호 본인도 처음 몇 번은 함께 군장을 꾸리고 산악을 달렸기에 훈련생들은 더 이상 산악 구보에 대한 어떤 항의도 하지 못했다.

교관인 수호에 대한 정보는 그들도 교육 첫날, 들어 알고 있었다.

수호가 자신들과 다르게 신체에 장애를 가지고 있다는 사실을 말이다.

겉으로 들여다보이는 것은 아니지만 작전 중 총상을 당해 전역했으며, 신장 두 개 중 하나를 잃었다는 것을 알게 되었다.

장애를 가진 수호도 자신들과 똑같은 조건에서 산악 구보를 마쳤으니, 정상인 그들은 그 어떤 변명도 못 하고 뛰어야 했다.

지금이야 수호의 능력을 알기에 더 이상 체력 훈련을 함께하지 않고 있지만, 아레스의 훈련생들은 어떤 불만도 없었다.

그도 그럴 것이, 장애를 가지고 있으면서도 자신들 이상으로 체력이 좋은 것은 물론이고, 그 어떤 훈련에서도 훈련생들은 수호를 이기지 못했다.

사격이면 사격, 1:1 단검술이면 단검술 모두 수호에게 미치지 못한 것은 물론이고, 현장에서 가장 필요한 요인 구출에서도 훈련생들은 수호와 비교 불가로 패하고 말았다.

그 뒤로 교관인 수호의 어떤 명령에도 훈련생들은 일절 불만을 내비치지 않았다.

똑같이 특수부대를 나왔다고 해도 개인마다 약간의 차이가 있기는 했지만 훈련생들의 수준은 거의 대동소이했다.

하지만 교관인 수호와 그들 간의 차이는 일반 현역병과 특수부대원 이상의 차이를 보였다.

그 때문에 훈련병들 사이에선 교관인 수호가 정말 장애가 있는지 의심하는 이들까지 생겨났을 정도다.

뿐만 아니라 아레스에서도 수호에게 교관이 아닌 정식으로 현역에 복귀하는 것이 어떠냐는 제안이 들어왔다.

그렇지만 수호는 그런 제안을 일언지하에 거절하였다.

현재 수호에게 군은 더 이상 목표가 아니었다.

하고 싶고 이루고 싶은 것이 많은데, 군이 한 번 했던 목표를 다시 할 필요성을 느끼지 못하기 때문이었다.

비록 원래 목표했던 직업 군인으로서 정점을 찍어 보겠다는 포부는 타의에 의해 수포로 돌아갔지만 이젠 아니다.

이미 자신이 최고라는 것을 입증했으니, 군에 대한 관심이 시들해졌을 뿐이다.

그래서 심보성 사장과 약속한 교관으로서의 역할만 하고, 아레스의 업무에는 일절 관여치 않고 있었다.

"오후에는 특수전 학교에서 모의 훈련이 있다."

아레스는 종종 육군 특수전 학교와 모의 전투를 하고 있었다.

이는 예비역인 아레스의 전투력을 끌어 올리는 효과가 있었다.

더불어 육군 특수전 학교에서 교육을 받고 있는 훈련병들도 실전과 같은 상황을 만들어 자신들보다 능숙한 선배들의 전술을 직접 체험할 수 있기에 양쪽 모두 이득인 훈련이었다.

더욱이 실전과 비슷한 상황에서 실탄만 사용하지 않을 뿐, 전자 장비를 이용한 센서에 의해 피격 시 사망 또는 부상 판정을 통해 실전과 같은 상황을 만들어 군

사작전을 펼칠 수 있다는 장점이 있었다.

그러니 현재 육군에서 군 현대화 사업으로 추진하는 사업이기도 했다.

일단 특수부대에 먼저 적용을 하고 일반 보병 사단에 보급한다는 계획하에 많은 예산을 투입한 사업이다.

수호도 아레스의 사장인 심보성에게 교관으로 계약하기 전, 이러한 장비들을 구비해 달라는 조건을 내걸었다.

다만 이러한 특수 장비들을 구비하는데 많은 비용이 들기에 심보성은 군과 협조를 통해 수호의 조건을 우회하여 갖췄다.

수호도 이런 심보성의 행동에 그리 뭐라 하지는 않았다.

그 또한 이런 현대화 장비들을 구축하는 걸 영세한 PMC가 할 수 있다고 보진 않았기 때문이다.

그저 심보성 사장의 역량이 어느 정도인지 알아보기 위한 시험이었을 뿐이다.

그리고 심보성 사장은 이런 수호의 시험을 보기 좋게 통과했다.

사실 PMC가 잘 발달한 미국이라면 모르겠지만, 한국에서 이 정도만 해도 엄청 무리한 것이라고 알고 있기에 넘어갔던 것이다.

수호는 훈련생들에게 오후 훈련 일정을 이야기하고 자리를 떴다.

　교관인 수호가 자리를 뜨자 그제야 오전 일과가 끝났음을 실감한 훈련생들은 그 자리에 털썩 주저앉았다.

　거의 40킬로그램이 되는 군장을 지고, 골짜기를 무려 10킬로미터나 달렸다.

　그것도 직선거리가 아닌, 귀석산과 구석산을 돌아오는 코스였다.

　거기에 시간도 40분 내에 복귀하라는 조건까지 달려 있었다.

　그러니 훈련생들이 이렇게 퍼지는 것도 어쩌면 당연했다.

　잘 훈련된 크로스컨트리 선수들도 40킬로그램의 군장을 들쳐 메고 달리라고 하면 한 시간이 넘어갈 것이다.

　그걸 40분 내로 통과하라고 하니, 그냥 죽으라고 하는 것과 마찬가지 아닌가.

　40킬로그램의 짐을 지고 산악을 달리는 일은 결코 쉬운 일이 아닌 것이다.

　자칫 발을 헛디뎠다가 바로 골짜기로 굴러 떨어져 심각한 부상을 당할 수도 있는 문제였기 때문이다.

　하지만 이들은 3주간 훈련을 받으면서 예전 현역 시절의 기량을 회복하였기에 한 명의 낙오도 없이 교관인 수호의 조건을 통과하였다.

"와, 언제까지 이런 훈련을 해야 할까."

바닥에 눕다시피 한 훈련생 하나가 죽는 소리를 냈다.

"우리 훈련 기간이 4주라고 했으니 이제 한 주 남았다."

"그래, 우리가 이 지옥 같은 훈련을 한 지도 벌써 3주나 지났네."

운동장에 누워 있던 훈련생들이 돌아가면서 한마디씩 하곤, 그동안 자신들이 받았던 훈련을 떠올렸다.

사실 현역 시절에도 이런 훈련은 1년에 한두 번 정도였다.

그런데 PMC인 아레스에 들어오고 나선 대기 기간을 빼고 훈련이 시작된 3주 동안 매일 하고 있었다.

처음 첫 주에는 개인 화기만 든 단독 군장을 들고 뛰더니, 2주 차부터 지금까지 완전 군장을 하고 뛰었다.

그 때문에 2주 차에는 절반 이상이 낙오했다.

시간도 무려 한 시간이나 주어졌지만 이를 통과하는 사람이 전반 이하였던 것이다.

하지만 사람은 적응의 동물이라고 했던가.

이렇게 3주 차가 되니 더 이상 낙오자가 나오지 않았다.

그리고 오늘은 시간이 40분으로 줄어들면서 이를 통과하였다.

처음 출발 전만 해도 가능할까 하는 의문을 가졌지만 뛰다 보니, 무려 2분여를 단축해 통과하였다.

이들은 말은 하고 있지 않지만 그것에 대한 자부심을 품고 있었다.

현역 시절에도 이 정도까지 자신의 능력이 뛰어날 것이란 생각을 못 했었다.

전역을 하고 1~2년 정도 방황하면서 몸이 많이 망가졌었다.

그런데 아레스에 들어온 지 불과 1개월 만에 현역 이상의 몸을 만든 것이다.

"그만 일어나자."

"그래, 점심 먹고 오후에는 애기들과 모의 전투를 한다고 하니…….."

"맞아, 교관이라면 모의 전투에서 낙오자나 사망자가 나오면 아마 우릴 가만두지 않을 거야."

"아, 그렇지."

운동장에 지쳐 누워 있던 훈련생들은 하나둘 자리에서 일어나 숙소로 향했다.

산악 구보를 하면서 흘렸던 땀과 조금 전 운동장에 쓰러져 묻은 흙을 씻기 위해서였다.

＊　　　　＊　　　　＊

　심보성은 창밖을 바라보며 생각에 잠겼다.

　어제저녁, 자신을 부른 옛 상관의 이야기가 그의 머릿속을 떠돌았다.

　"방송국 한곳에서 우리와 같은 이들을 대상으로 예능 프로그램을 하나 만들어 보겠다고 하더군."

　"예능이요? 아니, 무슨 그런 황당한……."

　"나도 처음에 김신형 장관님의 이야기를 듣고 황당해했는데, 듣고 나니까 나쁘지 않다는 생각이 들더군."

　"아니, 어떻기에 나쁘지 않다는 이야기를 하는 것입니까."

　"전역한 예비역들을 모집해 어느 부대 출신이 가장 강한가, 라는 주제로 서바이벌 프로그램을 만들겠다고 하더군."

　"음……."

　"장관님도 그렇고 사령관님도 나쁘지 않다고, 한 번 겨뤄 보는 것이 어떠냐고 하던데……."

　'흠, 나쁘진 않은데. 그런데 그게 내게 도움이 될까.'

　심보성은 옛 상관의 제안이 나쁘지 않지만, 현재 자신에게 도움이 될 것인가를 생각하고 있었다.

예전 같았으면 상관의 명령에 즉각적으로 대답했겠지만 지금은 아니었다.

상관과 윗선의 제안 때문에 자진해서 군을 나와 회사(PMC)를 세웠지만, 이제 자신은 국가에서 봉급을 주는 군인이 아니었다.

그러니 돈을 벌기 위해선 의뢰인을 찾아 계약을 한다.

또 최소한의 손실로 의뢰인이 맡긴 의뢰를 해결해야 돈을 벌 수 있었다.

만약 의뢰가 성공하더라도 손실이 크면 자신은 돈을 벌 수가 없는 것이다.

그렇기 때문에 요즘 많은 생각을 하고 있었다.

똑똑똑.

한참 생각하고 있을 때 노크 소리가 들렸다.

"들어와."

누군지 확인도 하지 않고 들어오라 하였다.

어차피 자신의 방에 노크하는 이는 정해져 있기에 굳이 누군지 묻지 않았다.

"부르셨습니까."

심보성의 사무실로 들어온 사람은 조금 전 훈련생들의 훈련을 지켜보던 수호였다.

"와서 앉지."

"네."

수호는 사장인 심보성의 권유에 사무실 가운데 놓인 소파에 가서 앉았다.

"그래, 요즘 신입들의 훈련은 잘 되고 있나."

본격적인 질문에 앞서 심보성은 수호에게 맡긴 신입들의 상태를 물었다.

"훈련생들의 상태는 이미 100%입니다."

수호는 자신이 훈련시킨 훈련생들의 상태를 심보성에게 알렸다.

자신의 기준에는 조금 미치지 못하지만 훈련생들의 수준은 현역 특수부대원들에 비해 낮지 않았다.

아니, 어느 부분에선 이들이 조금 더 낫다고 할 수 있었다.

"그럼……."

"그렇지만 남은 1주 더 심화 과정을 거친다면 보다 더 진보할 수 있을 것입니다."

수호는 지금 상태로도 현역 특수부대원과 비등하지만, 자신에게 1주 더 교육을 받게 된다면 확실하게 실력을 키워 놓겠다고 장담하였다.

"음, 뭐 그렇다면 자네에게 맡기지. 그런데 말이야."

뭔가 할 말이 있는지 심보성이 잘 대답하다 말을 멈추었다.

그런 심보성의 말투에 의아한 표정으로 그를 쳐다보았다.

자신을 무심히 쳐다보는 수호의 눈빛에 심보성은 잠시 멈칫하다 말을 이어 갔다.

"방송국 중 한곳에서 특수부대원들을 모아 놓고 그중 최강을 겨루는 프로그램을 만든다고 하는데……."

심보성이 조심스럽게 말하면서 수호의 눈치를 살폈다.

그가 보아온 수호는 자신이 속했던 특수부대에 대한 프라이드가 매우 높았다.

그렇기에 아프가니스탄에서도 모두에게 모범이 된 것은 물론이고, 적인 탈레반이나 테러범들에게는 악마나 사신으로 통했다.

적을 공격할 때는 최전선에서 돌격을 했고, 한 치의 망설임도 없이 적이 보이면 사격을 하였다.

뿐만 아니라 후퇴를 할 때면 가장 뒤에 남아 아군을 엄호하고 후위에 따라붙은 적들이 아군에 접근하지 못하게 막았다.

그런 위용이 인정을 받아 무공 훈장 중 3번째인 충무무공 훈장과 4번째인 화랑 무공 훈장 두 개를 받았다.

수호의 훈장은 그것만이 아니었다.

미군과 함께 참여한 작전에서 탈레반으로부터 미군

포로를 구해 낸 전적을 인정받아 미군으로부터 동성 무공 훈장을 받기도 했다.

그랬기에 심보성은 수호가 작전 중 부상을 당하고 장애 판정을 받았을 때 이를 무척 아쉬워했다.

뒤이어 군 당국으로부터 부당한 처우를 받았다는 이야기를 들었을 때는 그 누구보다 화를 냈다.

수호는 그런 대우를 받을 사람이 아니란 것을 그 누구보다 잘 알기 때문이었다.

아니, 어느 나라가 국가에 충성을 해 그것을 인정받아 훈장을 받은 군인에게 부당한 대우를 한단 말인가.

이는 말도 되지 않는 처사였다.

사실 그 문제로 군에서도 말들이 많았다.

하지만 이미 벌어진 일로 군 당국에서 그냥 넘어가자는 입장을 취했다.

이를 지켜보던 심보성은 그런 처사에 실망하고 예편 신청을 하였다.

뿐만 아니라 반발하는 부대원들을 막지도 않았다.

뒤늦게야 일의 심각성을 깨달은 군 당국이지만 이미 일은 벌어진 후였다.

특수부대원 한 명을 양성하려면 많은 예산이 투입된다.

그리고 이들이 실전을 겪고 정예화 되기까지는 더 많

은 돈과 로비가 이루어진다.

대한민국 특수부대는 우방인 미국과 로비를 통해 많은 실전과 이득을 조국에 가져다주고 있었다.

그런데 그렇게 많은 예산을 투입해 양성한 부대가, 많은 이득을 조국에 가져다주던 부대가 한순간의 잘못된 선택으로 인해 날아가 버렸다.

그나마 다행인 것은 어느 정도 군 당국과 협의를 통해 절적한 보상을 받고 또 PMC로 승인을 받았다는 점이다.

물론 정작 문제의 당사자인 수호는 어떤 보상도 받지 못했지만 말이다.

"사장님의 생각은 어떤데 말입니까?"

수호는 말의 핵심은 이야기하지 않은 채 질질 끄는 심보성을 보며 물었다.

"내 생각에도 협조하는 것이 이득일 것 같은데, 어떻게 생각해?"

"뭐, 회사 입장에선 나쁘지 않겠네요. 홍보도 될 것 같고."

어떻게 생각하느냐는 물음에 수호는 자신의 생각을 이야기하였다.

PMC인 아레스의 입장에서 방송이란 것은 나쁘지 않았다.

딱히 돈이 들어가는 것도 아니고 공짜로, 아니, 돈을 받고 회사를 홍보할 수 있는 기회이니 이보다 좋을 수는 없었다.

"그럼, 자네도 참여하는 것이 어떤가?"

"저요?"

심보성의 질문을 받은 수호는 잠시 멈칫하였다.

머릿속으로는 나쁘지 않은 제안이라 생각했지만 거절하였다.

현재 자신이 아레스의 교관으로 있기는 하지만, 자신은 엄연히 프리랜서 계약을 하였다.

정식 아레스의 소속이 아닌 계약직 직원으로 굳이 그런 수고를 하고 싶진 않았다.

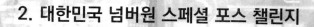

2. 대한민국 넘버원 스페셜 포스 챌린지

상암동 JTV 예능국 부장 이장수는 아침부터 굳은 표정으로 소파에 앉아 있었다.

그가 이렇게 굳어 있는 이유는 전적으로 상석에 앉아 있는 국장 김진호 때문이다.

"그래, 준비는 잘 되고 있나."

아침부터 자신의 사무실로 찾아와 묻는 김진호 때문에 오랜만에 완치된 위궤양이 다시 도진 것 같았다.

"예, 예. 착실히 준비하고 있습니다."

"그래, 어떤……."

한 달 전 여러 국장들이 모이는 대표 회의에서 무안

을 당한 후로 김진호는 하루에도 몇 번씩 부하 직원인 이장수를 불러 갈구고 있었다.

그 때문에 이장수 부장 밑으로 JTV 예능국 직원들은 초비상 상태로 지내는 중이었다.

"김현성 CP가 올린 콘텐츠가 하나 있는데, 그게 킬러 콘텐츠가 될 겁니다."

"그래, 어떤데?"

킬러 콘텐츠라는 소리에 김진호는 눈을 반짝였다.

"요즘 중국에서는 사드다 보복이다. 러시아 정찰기의 KADIZ(Korea Air Defense Identification Zone: 대한민국 방공 식별 구역)이고, 일본에서는 독도 영유권을 두고 방위 백서로 문제를 일으키고 있지 않습니까?"

이장수는 눈을 반짝이며 요즘 국방에 대한 뉴스를 국장인 김진호에게 이야기하였다.

"음……."

관심을 보일 것이라 예상했는데, 김진호는 그런 내용에 관해선 별다른 관심을 보이지 않았다.

하긴 자신의 자존심을 살려 줄 무언가를 찾고 있던 그에게 뉴스는 그리 관심의 대상이 아니었다.

하지만 계속되는 이장수 부장의 이야기에 처음엔 무관심했던 그도 관심을 보이게 되었다.

"관심이 없으시더라도 조금만 들어 주십시오. 그러니

까……."

이장수의 말은 자신의 밑에 있는 CP들과 PD 이하 예능국 직원들, 작가들이 모여 회의를 해서 나온 아이디어인 가칭 '코리아 스페셜 포스'에 대한 설명이었다.

한참을 듣고 있던 김진호 국장이 눈을 반짝였다.

이야기를 듣다 보니 아이디어가 무척이나 신선했다.

그러면서도 사람의 마음을 끄는 뭔가 특별한 요소가 있었다.

"이것의 장점은 시청률이 보장되어 있다는 것입니다."

"맞아, 대한민국에서 자식을 군대에 보낸 부모가 어디 한둘이겠어?"

"맞습니다. 저희도 그런 시청자들을 겨냥한 콘텐츠입니다. 그리고 의외로 밀리터리 마니아도 상당합니다."

"맞아, 맞아."

김진호도 이장수 부장의 설명에 고개를 끄덕이며 맞장구를 쳤다.

"그런데 제작비가……."

"제작비 그런 것 걱정하지 마! 내가 책임질게."

이장수 부장의 설명을 모두 들은 김진호는 흡족한 마음에 소리쳤다.

"필요한 것 있으면 뭐든지 말해. 내 모두 도와줄게."

"감사합니다."

아이템이 마음에 들었는지 연신 미소 지으며 책임져 줄 거라고 말하는 김진호 국장을 보며 이장수 부장은 눈을 반짝였다.

사실 이장수 부장이 걱정하는 것이 바로 조금 전 국장이 말한 제작비였다.

밑에서 올라온 프로그램 제작 예산을 보니, 이번 기획은 웬만한 예능 프로그램 2회 분량 이상이 소모되는 대형 프로젝트가 되었다.

다른 예능이야 출연하는 연예인들이 속한 기획사들의 찬조와 PPL을 원하는 기업들의 후원 등으로 인해 많은 예산이 세이브 되지만 이번 프로그램은 그런 예능과 달랐다.

그러다 보니 기획사의 찬조를 바랄 수가 없을 뿐만 아니라 기업 광고도 사실 기대하기 힘들었다.

그나마 국방부에서 촬영에 도움을 받을 수 있는 것 외에는 전적으로 방송국 촬영 예산으로 맞춰야 했다.

그 때문에 촬영 예산이 빠듯했다.

＊   ＊   ＊

"부르셨습니까."

수호는 훈련을 마치고 돌아오자마자 사장인 심보성이 부른다는 소리에 옷도 갈아입지 못하고 바로 사장실로 올라왔다.

"아, 어서 와."

아레스의 사장 심보성은 자신의 사무실에서 누군가와 이야기를 나누던 중, 노크 후 안으로 들어오는 수호를 맞아 주었다.

"이쪽은 전에 말했던 방송국 PD님이네."

소파로 온 수호에게 심보성 사장은 자신과 함께 이야기를 나누던 상대를 소개하였다.

"JTV의 예능국 PD 김연성이라 합니다."

"작가 신영은이라 해요."

김연성과 신영은은 자신에게 다가온 수호에게 인사를 하였다.

자신들을 소개하면서 그들은 수호의 얼굴에서 눈을 떼지 못했다.

'와, 잘생겼다.'

'헐, 엄청나네.'

방송국에 있으면서 자신들이 촬영하는 프로그램에 수많은 스타 연예인들을 보아 왔다.

하지만 눈앞에 있는 남자와 비견될 정도로 잘생긴 미남은 별로 보지 못했다.

정말이지 이런 남자는 미남이라 불리는 스타들 중에서도 독보적인 명성을 가진 이들 몇 정도에 불과했다.

"하하하, 우리 정 교관이 잘생기기는 했죠."

심보성은 두 사람을 보면서 그들이 무슨 생각을 하고 있는지 알고는 농담을 던지듯 물었다.

"네네. 정말로 잘생겼네요."

대답을 듣기 위한 질문이 아니었는데, 너무도 잘생긴 수호의 얼굴에 놀란 신영은은 자신도 모르게 대답하고 말았다.

"어머."

자신도 모르게 속내를 드러낸 신영은이 무슨 말을 한 것인지 깨닫고 다시 한번 놀라 비명을 질렀다.

"하하하하!"

그런 신영은의 반응에 심보성은 크게 웃었고, 당사자인 수호는 어정쩡한 미소를 지어 보였다.

"농담은 그만하시고, 어쩐 일로 절 부르신 겁니까?"

수호는 잠시 소동이 있었지만 정신을 차리고 심보성에게 질문을 했다.

"저번주에 내 말하지 않았나. 그…….."

심보성은 일주일 전 언급한 방송에 관한 이야기를 하였다.

"음."

수호는 설마 이렇게 빨리 방송 촬영에 대한 이야기를 하게 될지 몰랐다.

전에 이야기 듣기로, 방송에서 프로그램이 하나 만들어질 때 기획 단계에서 한두 달 소모가 되고, 또 기획이 완료되면 출연자들 섭외로 또 몇 달, 그리고 본 촬영에 몇 달, 이렇게 삼사 개월이 소요된다고 했다.

또 방송까지 적어도 반년 정도는 걸린다 하였다.

그렇기 때문에 수호가 야생의 법칙에 출연하였지만 아직 그가 참여한 시즌이 방영되진 않았다.

"이야기를 듣기는 했지만 이렇게 신속하게 촬영에 들어가는 줄은 몰랐는데 말입니다."

수호는 자신의 감정을 그대로 이야기하였다.

사실 수호는 협조 요청이 들어왔다고 해도 별 신경을 쓰지 않았다.

어차피 자신은 이번 기수만 훈련시키고, 다음에 들어오는 아레스의 신입들은 이번에 교육을 시킨 훈련생들 중 일부를 조교로 만들어 둘 계획이었다.

그러니 남은 일은 그들에게 맡기고 자신은 다른 일을 찾을 생각이었다.

요즘 아버지가 하는 일이 무척이나 바빠 보여 도와줄 생각도 하고 있었다.

그런데 방송 촬영을 이렇게 일찍 할 줄은 예상치 못

했다.

"현역은 아니더라도 자네가 최고 아닌가? 촬영 중 안전사고도 예방하고, 또 자네가 가르친 이들이 어느 정도인지 시험해 볼 수 있는 기회이기도 하지 않나?"

"흠……."

일주일 전 심보성 사장과 이야기할 때 그가 물었다.

수호가 훈련시킨 아레스의 신입 직원들도 이번 방송에 몇 명 투입하기로 했으니 후보를 추려 달라고 말이다.

PMC이니 이번 1기 이후로도 계속해서 직원을 구해야 하기에 이번에 제대로 홍보할 계획으로 그러한 부탁을 했던 것이다.

수호도 그의 부탁을 듣고 고개를 끄덕였다.

어차피 방송 촬영을 하게 된다면 회사의 이익을 위해서 그런 것도 나쁘지 않다는 생각이 들었다.

그래서 1기 훈련생들을 훈련시키면서 쉬는 시간에 그들에게 물어보았다.

이런 프로그램이 있는데 참가할 사람이 있냐고 말이다.

그런데 의외로 참가하겠다는 훈련생들이 많았다.

서른세 명 중 무려 2/3가 참가하겠다고 했다.

그런 것을 보면 예전과 다르게 많은 사람들이 TV에

한 번이라도 나오고 싶은 욕망이 있는 것 같다는 생각이 들었다.

"뭐 그렇게 이야기한다면……."

사실 수호도 다시 한번 촬영을 하고 싶다는 생각은 있었다.

다만 몇 달 전처럼 그렇게 확 당기진 않다는 것뿐이다.

"와, 여기 이분도 그럼 저희 프로그램에 참여하시는 거예요?"

신영은은 조용히 심보성 사장과 이야기를 나누고 있는 수호를 지켜보다 두 사람의 말이 자신이 구상한 프로그램에 참여하는 쪽으로 전개되자 그리 물었다.

"하하, 보시다시피 잘생기지 않았습니까. 그러니 그림이 되지 않겠어요."

"헐."

수호는 이야기하는 심보성을 보며 전에도 느꼈지만 정말 말을 잘한다고 생각했다.

1년 전까지만 해도 심보성이 군인, 그것도 테러범들이 우글거리는 아프가니스탄에서 반군 조직과 테러범들을 상대로 전투하는 특수부대의 부대장이었다는 사실을 이 사람들이 알까 싶은 생각을 했다.

"사장님."

수호는 연신 떠들고 있는 심보성을 조심스럽게 불렀다.

"왜 그러나."

그런 수호의 부름에 심보성은 짐짓 근엄하게 물었다.

"제가 알던 아프가니스탄 파견대 부대장 심보성 대령님 맞으십니까?"

심보성 사장을 보며 수호는 정색하고 물었다.

"호호호호."

그런데 그런 두 사람의 모습이 웃겼는지 옆에서 신영은이 배를 잡고 박장대소를 하였다.

그 옆에 있던 김연성 PD도 마치 만담이라도 하는 듯한 심보성 사장과 수호를 번갈아 보며 벙 찐 있는 모습을 보였다.

여자인 신영은이야 군대에 대해 알지 못했기에 그저 겉으로 보이는 모습이 웃기면 그냥 웃었지만 김연성은 아니었다.

지금이야 40대로 예비군도 끝나고 또 민방위도 끝났지만, 엄연히 대한민국 남자로서 군대를 갔다 온 사내였다.

그것도 귀신 잡는 해병대, 해병으로 2년을 복무하였다.

물론 지금은 해병대의 복무 기간이 확 줄어 육군과

똑같은 18개월이라고 하지만, 자신이 복무할 때는 육군보다 복무 기간이 2개월 정도 더 길었다.

아무튼 그렇기에 특수부대 출신들이 PMC를 조직했고, 국내 최초로 인가를 받았다는 것에 긴장하고 이곳을 찾았다.

그리고 조금 전까지만 해도 이곳 아레스의 사장이라고 소개한 예비역 대령인 심보성 사장은 무척이나 무게 있는, 흔히 생각하는 예비역 장교의 모습이었다.

또 국방부 관계자에게 듣기로 심보성 사장은 원래 진급 최우선 순위였는데, 모종의 이유로 예편하게 되었다는 이야기를 들었을 때 많이 놀랐다.

보통 모종의 이유로 군대를 나오게 되면 국방부와 관계가 좋지 못한 것이 대부분이다.

명예롭게 군을 떠나는 것이 아니기 때문이다.

그럼에도 국가로부터 준군사 조직과 같은 PMC 인가를 받은 것만 봐도 그가 보통 사람이 아님을 알게 하는 대목이다.

그런데 이렇게 코미디언처럼 콩트 같은 대화를 하는 모습에 놀랐다.

"김 PD님은 모를 거야! 여기 정수호 교관은 무공 훈장만 세 개나 받은 사람이야. 그것도 하나는 미군에게서 받은 것이고."

마치 자식이 표창을 받은 걸 자랑하는 어버이처럼 웃
으며 말하였다.

"헐, 정말이요?"

김연성과 신영은은 수호가 훈장을 세 개나 받은 사람
이란 이야기를 듣고 다시 한번 놀랐다.

현대 군인 중 훈장을 받을 만한 사람이 누가 있을까.

대한민국은 북한과 대치하고 있다고는 하지만 꽤 평
화로운 상황이었다.

종종 북한이 방사포와 미사일을 발사하고, 또 핵실험
을 하기도 하지만 그때마다 호들갑 떠는 외국과 다르게
북한 괴뢰 정권의 외교 전략을 너무도 잘 알고 있기에
별로 동요하지 않는다.

그런 상황에서 훈장을 받는 것은 엘리트 체육인이 올
림픽이나 아시안 게임처럼 스포츠 대회에 나가 수상을
하고 그에 대한 포상으로 청와대에서 훈장을 받는 것과
다르게 무척이나 힘들었다.

현역 군인이 훈장을 받는 것은 막말로 간첩을 잡는
것과 같은 상황이 아니면 불가능한 일이다.

그런데 수호가 훈장을, 그것도 세 개나 받았다는 것
은 매우 놀라운 일이었다.

물론 특수부대에 있었으니 가능하지 않나 하는 생각
을 할 수도 있지만 그렇지 않다.

그렇게 따지면 해외 파병을 나가는 모든 군인은 훈장을 받아야 마땅하지 않은가.

하지만 현실은 그렇지 않았다. 그렇기에 수호가 받은 무공 훈장은 결코 가볍지 않았다.

'정말이라면 이거 시청률이 2~3%는 더 나오겠는데.'

김연성은 심보성 사장의 말이 사실이라면 오를 시청률을 계산해 보았다.

그리고 수호가 TV에 나갈 때 그런 약력을 집어넣는다면 시청률이 더 나올 것으로 예상했다.

김연성과 신영은이 시청률 상승이란 생각에 기뻐할 때 수호의 표정은 굳어졌다.

'아차.'

표정이 굳어지는 수호의 표정을 보며 심보성은 자신이 실수했다는 것을 알아챘다.

아무리 목숨을 걸고 작전을 수행해 훈장을 받으면 뭐 하겠는가.

막상 임무 수행 중 부상을 당하자 안면몰수를 했는데 말이다.

이런 생각이 떠오르자 심보성의 표정 또한 굳어졌다.

그렇게 국가에 충성해야 한다고 부하들에게 정신 교육을 했었는데, 정작 그 충성의 대상은 자신을 외면하는 걸 보고 또 겪었으니 할 말이 없었다.

'잊자.'

심보성은 그렇게 아무도 모르게 고개를 흔들며 머릿속에 떠오른 부정적인 생각을 지우기 위해 노력했다.

*　　　*　　　*

방송 촬영은 일사천리로 진행되었다.

PD와 작가가 아레스를 다녀간 지 일주일도 되지 않아 본 촬영에 들어가게 되었다.

이는 국방부와 육군 본부에서 신속하게 지원을 해 줬기 때문이다.

아레스야 이번 방송 촬영이 자신들의 홍보가 되기에 심보성 사장 이하 직원들이 적극적인 협조를 하고 있어서 논외로 친다고 해도, 수호가 생각하기에 국방부와 육군 본부의 신속한 지원은 참으로 의외였다.

아니, 어쩌면 국방부나 육군 본부가 이렇게 신속하게 움직이는 것도 이해는 갔다.

현재 이들은 전 국민적으로 뭇매를 맞고 있는 상황이지 않은가.

중국과 러시아가 수시로 KADIZ(대한민국 방공 식별 구역)를 침입하고, 또 북한은 해안포와 미사일을 발사하며 무력시위를 하고 있었다.

또 한미일 방위 조약에도 불구하고 일본은 매년 방위 백서와 순시선을 동원해 독도에 대한 도발을 하고 있고, 최우방이라 생각하는 미국의 경우에는 방위비 인상과 미군 감축 등으로 마찰을 빚고 있었다.

뿐만 아니다.

결정적으로 한국군 내부에서도 기강 해이와 구타로 인한 비전투 손실, 그리고 장교와 부사관들의 안보 불감증과 고위 장성들의 부하 여성 군인들에 대한 성추행 등 각종 사고가 외부에 알려지면서 군에 대한 신뢰성을 해치고 있었다.

물론 전에도 이와 비슷한 문제가 없었던 것은 아니지만, 다른 사건 사고로 인해 묻히는 경향이 있었다.

하지만 이제는 그런 무마용 가십으로는 묻어 버릴 수 있는 문제가 아니게 되었다.

그러니 이렇게라도 군에 대한 위상을 높여 여론을 희석시키려는 것이다.

＊　　　　＊　　　　＊

촬영 준비가 한창인 곳에서 얼마 떨어지지 않은 곳.

그곳에서 수호는 방송 관계자들이 분주히 움직이며

촬영 준비를 하는 걸 지켜보았다.

예전, 야생의 법칙을 찍을 때와는 사뭇 분위기가 달랐다.

그때는 소수의 출연진과 그에 맞춰 십여 명 안팎의 스태프들이 촬영했었다.

그런데 지금 촬영 준비하는 걸 보니 그 규모가 엄청났다.

일단 이번 프로그램의 제목부터 남달랐다.

'대한민국 넘버원 스페셜 포스 챌린지'라는 엄청난 타이틀을 달고, 대한민국에 존재하는 수많은 특수부대 출신들을 한데 모아 그중 최고의 예비역을 뽑는다는 것이 그 취지였다.

더욱이 대한민국 넘버원 스페셜 포스 챌린지에서 우승을 하면 무려 1억 원의 상금이 주어진다.

요즘 물가가 올라 1억이라 하면 얼마 되지 않는 것 같아도, 군 전역자라면 그 1억의 상금이 결코 일반 사람들이 흔히 말하는 1억과는 다가오는 느낌이 달랐다.

수호도 처음 김연성 PD에게 이런 이야기를 들었을 때 깜짝 놀랐다.

수호가 못 사는 것도 아닌 어느 정도 사는 집안이긴 했지만, 그래도 1억이란 상금을 들었을 때는 살짝 혹하기도 했다.

물론 지금이야 1억의 상금에 별로 놀라지 않지만 이야기를 들을 당시만 해도 깜짝 놀란 것이 사실이다.

"교관님, 여기 계셨네요."

수호가 촬영장을 지켜보고 있을 때 그의 곁으로 다가와 말을 거는 이가 있었다.

"엉. 넌 그냥 쉬지 뭐 하러 여기까지 나왔냐?"

고개를 돌린 수호의 눈에 들어온 사람은 바로 아레스의 신입 직원으로, 그가 훈련시킨 아레스 1기 중 가장 우수한 성적을 거둔 김영웅이었다.

사실 김영웅은 아레스 1기 중 그리 특출한 사람이 아니었다.

아레스 훈련생 1기들 모두가 특전사나 그에 준하는 특수부대 출신들이었고, 이들은 대부분이 부사관 이상으로 군복무를 하였다.

하지만 김영웅은 특수부대에 있기는 했어도 부사관이나 사관이 아닌 사병이었다.

특수부대 중 사병으로 구성된 것은 해병대 특수 수색대인 포스리콘뿐인데, 김영웅이 바로 유일하게 이곳 포스리콘 출신이었다.

포스리콘이란 이름보다는 해병대 특수 수색대로 더 알려졌지만, 이들의 임무는 여타 특수부대보다 위험하면 위험했지 결코 덜하지 않았다.

그도 그럴 것이, 다른 특수부대들은 모두가 부사관 이상의 장기 복무를 하는 군인들로 이루어졌기에 오랜 기간 훈련을 통해 숙련된 존재들이었다.

하지만 해병대에 지원했어도 이들을 특수부대라고 하기에는 손색이 좀 있었다.

하지만 이들 해병대 중에서도 또 지원을 받아 특수 수색대란 부대에 지원하게 되면 이야기가 달라진다.

일반 사병이면서 이들은 특수부대원이 되어야만 했다.

그 때문에 훈련 중에 부상자가 속출하고 자칫 실수를 했다가는 목숨까지 위급해지는 경우가 많았다.

즉, 짧은 기간에 특수부대원들이 소양과 기량을 배우고 갖춰야 생존이 가능하단 소리였다.

그러다 보니 그러한 부대를 나온 김영웅의 악과 깡은 다른 특수부대원 이상이었다.

그 결과, 다른 지원자들보다 어리면서도 서른두 명의 쟁쟁한 경쟁자들을 물리치고 최고점을 받고 수료했다.

PMC인 아레스의 경우, 군대에 있을 때 직책이나 계급보단 회사 내 평가에 의해 직급이 나뉜다.

그랬기에 훈련이 모두 끝난 현재 아레스 1기의 최선임은 바로 나이가 가장 어린 김영웅이 되었다.

따라서 지금 교관인 수호에게 찾아와 일정을 물어보

는 것이다.

"저희는 무엇을 하면 되는 것입니까?"

"너희는 이야기한 대로 저기 있는 참가자들의 대응군을 해 주면 된다."

"그것으로 된 것입니까?"

언뜻 보면 김영웅이 교관이고, 수호가 그 밑에 있는 사람처럼 겉으론 차이가 있었다.

하지만 나이도 엄연히 수호가 김영웅에 비해 많았고, 또 군대에 있어서 복무 기간이나 직급도 훨씬 높았다.

그렇지만 현재 보이는 겉모습은 김영웅이 더 역전의 용사처럼 보이고, 교관이었던 수호는 신인 아이돌로 보일 뿐이었다.

"참, 철원이는 준비 잘하고 있든?"

대화를 하던 중 수호는 무언가 생각이 나 물었다.

아레스 1기 중 한 명인 정철원을 떠올리며 김영웅에게 물었다.

정철원은 심보성 사장에 의해 대한민국 넘버원 스페셜 포스 챌린지에 참가하게 된 아레스의 직원이다.

아레스로서는 그냥 대한민국 넘버원 스페셜 포스 챌린지에서 대응군으로 호응만 해 줘도 회사 홍보가 되겠지만, 조금 더 이름을 알리기 위해선 대응군뿐만 아니라 직접 참여하는 것이 어느 쪽이든 더 많은 언급이 될 것이기에 프로그램 안에 집어넣었다.

그 직원이 바로 아레스 1기 서른세 명 중 10등을 한 정철원이었다.

사실 처음에는 아레스 1기 중 최고의 인재인 김영웅을 대한민국 넘버원 스페셜 포스 챌린지에 참가시키려 하였다.

그래야 챌린지에서 1등을 해 아레스의 이름을 알릴 것이라고 생각했기 때문이다.

하지만 이는 수호의 반대로 무산되었다.

아레스는 대한민국 넘버원 스페셜 포스 챌린지에서 대항군으로 나오기로 했던 것이다.

그런데 만약 챌린지에 참가한 사람이 우승을 하게 된다면 어떻게 될까?

아레스라는 이름을 알리기는 하겠지만 최고란 느낌은 들지 않을 터였다.

그 이유는 바로 챌린지에 참가한 사람에게 졌다는 프레임이 씌워질 것이기 때문이다. 그렇다고 아레스 직원이 챌린지에서 조기 탈락하는 것도 보기에 좋지 않았고.

그래서 나온 대안이 바로 1기 중에서 탑 10에 들어간 인물 중 한 명을 참가시키는 것이었다.

그중 최고를 보내기보다는 마지막 순번인 10등에게

자리가 주어졌다.

 너무 뛰어나지도 않고, 그렇다고 너무 떨어지지도 않는 수재를 대한민국 넘버원 스페셜 포스 챌린지에 참가시키면서 상위 입상을 하고, 또 대항군으로 막강한 실력을 보여 아레스의 위상을 보여줌으로서 대한민국에 이처럼 강력한 PMC 조직이 있음을 어필하려는 계획이었다.

 이런 수호의 계획에 심보성을 비롯한 임직원들은 무릎을 탁, 쳤다.

 챌린지에 1등을 하는 것도 좋지만 방금 전 수호의 계책이 가장 아레스에 득이 되는 계획이었다.

 더욱이 대한민국 넘버원 스페셜 포스 챌린지의 최후 미션은 작전 수행 능력과 개인의 기량도 중요한 작용을 하였다.

 특수부대의 임무 중 하나인 요인 구출이 바로 대한민국 넘버원 스페셜 포스 챌린지의 최종 미션인데, 대회 참가자들은 짧은 기간에 합을 맞춰야 하는 반면, 대항군을 하는 아레스의 직원은 벌써 한 달 동안 동고동락한 사이였다.

 더욱이 이들은 훈련이 끝나면 일주일의 휴가 기간이 주어진 뒤, 바로 아프리카로 파견 나갈 계획이었다.

 중간에 대한민국 넘버원 스페셜 포스 챌린지란 방송

촬영을 하게 되면서 아프리카로의 출발 시기가 늦춰지긴 했지만, 어찌 되었든 이들은 한 달 동안 함께 훈련을 하였기에 합이 좋았다.

이미 이들은 수호의 훈련을 통해 현역 시절의 기량을 회복한 것은 물론이고, 극한의 상황에서도 충분히 실력 발휘를 할 정도로 극한까지 단련되어 있었다.

"철원 씨는 벌써 방송 출연자들과 함께하고 있습니다."

"그래, 잘하겠지?"

수호는 별다른 표정 변화 없이 물었다.

그런 수호의 모습에 김영웅이 긴장하며 대답하였다.

"교관님께 훈련을 받았으니 충분히 저 중에서 최고가 될 것입니다."

"그래야지."

마치 당연하다는 듯 수호는 김영웅의 대답을 들었다.

그런 수호의 모습에 김영웅은 조금 뒤 철원에게 가서 수호의 말을 전달해야겠다는 다짐을 하였다.

'이거 철원이에게 전해야겠다. 반드시 최선을 다하라고……'

처음에는 그냥 방송에 출연하는 것에 대해 물어본 것이라 생각했는데, 반응을 보니 그게 아니란 것을 알게 되자 영웅은 긴장했다.

한편으론 챌린지에서 대항군으로 임하는 자신들은 한 치의 오차도 범해서는 안 될 것이란 생각도 들었다.

겉으로 보기에 한없이 유약해 보이는 수호가 사실은 발톱을 숨긴 맹수란 것을 잘 알기 때문이었다.

실제로 처음 수호가 자신들의 교관으로 왔을 때, 겉모습만 보고 반발하던 이들이 있었다.

영웅 본인이야 사병 출신이기에 다른 부상관급 이상의 선배들로 인해 조심하던 때라 그냥 지켜보는 정도였다.

그런데 수호의 겉모습에 속아 까불고 덤벼들었던 이들은 모두 하나같이 묵사발이 되었다.

더욱이 그렇게 깨진 뒤 전해 들은 수호의 이력은 기절초풍하게 만들기에 충분했다.

솔직히 아레스에 입사한 이들은 실전을 겪어 보지 못한 사람이 대부분이었다.

그도 그럴 것이, 많은 특수부대가 있지만 대한민국은 전쟁을 하고 있는 나라가 아닌 무려 70년 가까이 휴전을 하고 있었다.

전쟁을 하지 않지만 전쟁 중인 이상한 나라.

그렇기에 언제든 전쟁이 발발할 수 있어서 이를 준비하는 나라, 그곳이 바로 대한민국이었다.

그렇기에 아이러니하게도 실전을 겪은 부대가 전무하

다시피 한 나라이기도 했다.

하지만 대한민국 군대도 종종 실전을 경험하기는 했다.

예전 무장 공비가 내려와 이를 퇴치하기 위해 출동하여 전투가 벌어지기도 했고, 또 1965년에 발발한 베트남 전쟁에서 미군을 도와 파병을 하여 전투한 것이나 미국에서 2001년 9월에 벌어진 911 테러 이후 발생한 제2차 걸프전과 아프가니스탄 전쟁에 파병한 것 등등 휴전 상태에서도 종종 대한민국 군대는 실전을 경험하였다.

그렇지만 요 근래에는 실전을 경험한 부대가 알려진 바로는 아예 없다.

다만 비공식적으로 아프가니스탄에 미군을 대신해 일부 부대가 파병을 나가 있다는 소문이 있기는 했다.

하지만 그런 소문의 주인공이 설마 자신들의 교관일 줄은 아무도 예상치 못했다.

더욱이 파병을 나간 것도 나간 것이지만 그곳에서 혁혁한 공을 세워 무공 훈장을 받았다. 그것도 두 번이나 말이다.

아니, 정확하게는 세 번이었다. 그중 하나는 우리나라도 아닌 초강대국 미국의 무공 훈장이었다.

물론 최고 권위의 명예 훈장이 아닌 동성 훈장이기는

하지만 그게 어딘가.

보여 주기 식으로 주는 한국의 무공 훈장이 아닌 미국군의 무공 훈장은 아무나 주어지는 것이 아니었다.

그렇기에 미군은 장군이라도 훈장(약장)을 군복에 새기는 것도 조심스러웠다.

한국의 장성들 중에는 가라(가짜)로 가슴에 약장을 달고 있는 이들도 많은데…….

하지만 미군의 경우, 자칫 가짜로 그러한 것을 착용했다가는 다른 군인들의 반발로 불명예를 얻을 수 있었다.

한국에서는 절대로 있을 수 없는 일이지만, 미국에서는 다른 건 넘어가도 그런 것은 쉽게 용납되지 않았다.

실제로 그런 문제로 장성이 스스로 목숨을 끊은 경우도 있었다.

그러니 아레스 1기들은 자신들의 교관이 될 수호가 그런 미국에서 존경을 담아 훈장을 수여했다는 것에 놀라며, 한편으론 그런 사람에게 훈련을 받게 되었다는 것에 자부심을 가지게 되었다.

다른 한편으론 그런 교관이니 자신들도 최고여야 한다는 강박 관념에 빠져들었다.

최고에게 훈련을 받았으니, 우리도 최고가 되어야 한다는 생각에 악착같이 훈련을 받았고, 훈련을 마친 지금 아레스 1기들은 자신들의 기량을 믿어 의심치 않았다.

지금의 몸 상태라면 20대 초중반의 전성기보다 더 뛰어나다고 자부했다.

전에는 전성기가 지났기에 자신의 처지를 알고 군대를 예편했다.

하지만 인간은 훈련을 통해서 얼마든지 전성기를 늘릴 수 있다는 것을 지금에 와서 깨달았다.

그런 생각을 하는 한편, 그런 자신들을 만들어 낸 수호가 무엇 때문에 군대를 전역하고 아레스에서 자신들을 가르치는 교관이 되었는지 미스터리였다.

아레스의 선배들은 그 이유를 아는 것 같았지만, 질문할 때마다 인상을 구기기에 더 이상 물어볼 수가 없었다.

김영웅이 그렇게 조용히 예전 수호에게 훈련을 받을 때를 떠올리고 있을 때, 저 멀리서 촬영 준비를 하던 PD가 다가오는 것이 보였다.

"그럼, 먼저 가 보겠습니다."

"그래, 준비 철저히 하고 있어."

"네. 알겠습니다."

영웅은 그렇게 수호에게 인사를 하고 멀어졌다.

그렇게 한 사람이 멀어지자 또 한 사람이 수호에게

다가왔다.

"안녕하십니까."

"네. 안녕하세요."

서로 인사를 주고받은 뒤 두 사람은 한동안 말이 없었다.

수호야 굳이 그에게 할 말이 없었고, 촬영 준비를 하다 자신들을 멀리서 지켜보는 수호를 보고 다가온 신영은 작가의 경우, 잠시 무슨 말을 해야 할지 망설여 대화가 없었던 것이다.

"어때요?"

신영은은 할 말이 없자 밑도 끝도 없이 어떠냐는 질문을 하였다.

그 질문에 수호는 잠시 그녀를 쳐다보았다.

'무슨 소리지?'

정말이지 뜻을 알 수 없는 질문이 아닐 수 없었다.

'어머, 나 지금 뭐 하고 있는 거야.'

아무런 대답이 없는 수호의 반응에 신영은은 순간 자신이 실수했다는 것을 깨달았다.

너무나 잘생긴 외모에 그만 정신이 팔려 자신이 왜 그를 찾아왔는지 본분을 까먹은 것이다.

"죄송해요. 그러니까……."

신영은은 자신의 실수를 깨닫고 바로 사과했다.

그리고 자신이 무엇 때문에 그를 찾아왔는지 설명하였다.

"네. 일단 전차 두 대를 촬영장 입구에 가져다 놓은 것은 잘하신 것 같네요."

군에서는 이번 프로그램 촬영을 위해 대한민국 최신예 전차인 K—2흑표 두 대를 이곳에 보내 주었다.

보통 방송 촬영을 위해서라면 굳이 이런 최신예 전차를 가져다 놓지 않아도 되었지만, 시기가 시기인지라 막강한 군의 모습을 보여 주기 위해 무리를 해서 최신예 전차를 보내 주었던 것이다.

"챌린지 1차 미션……."

두 사람은 이번 대한민국 넘버원 스페셜 포스 챌린지 진행에 대해 이야기를 주고받았다.

수호야 전반적으로 아레스를 대신해 프로그램이 진행되는 동안 안전을 책임지고 있었다.

비록 실탄을 사용하는 것은 아니지만, 특수부대 출신들이 방송에 대해 전문적으로 알고 있는 것도 아니기에, 자칫 돌발 상황이 발생할 수도 있었다.

수호는 이러한 돌발 상황에서 출연자 및 스태프들의 안전을 위해 주변을 체크해야 했다.

전장과 같은 조건을 설계하고 출연자(전직 특수부대원)들이 실전에 가까운 상황을 겪게 만들어 카메라에 정말 실전같이 느껴지게 만들면서도 모두가 안전하게 구도를 잡았다.

이는 수호 혼자 한다고 해서 가능한 것이 아니었다.

그래서 작가인 신영은과 연락을 주고받으며 지금의 모의 전장을 만들었다.

3. 본 촬영

초록의 옷을 벗고 앙상한 가지만 남은, 나무들이 즐비한 계곡.

사람도 찾지 않던 을씨년스러운 골짜기는 얼굴에 위장 크림을 바르고, 온몸에는 주변에 보이는 마른풀로 위장을 한 사람들이 긴장한 채 무언가를 노려보고 있었다.

그들이 노려보는 곳은 이들이 있는 위치보다 조금 지대가 높은 고지였다.

고지에는 군데군데 지형과 맞지 않는 흔적이 남아 있었다.

"후우, 후우."

철원은 긴장된 표정으로 심호흡을 크게 하였다.

조금 뒤 신호가 떨어지면 고지로 달려가야 하기 때문이었다.

다만 단순하게 달려가는 것이 문제가 아니라, 고지 위로 달려가는 자신을 방해하기 위해 군데군데 매복하고 있을 대항군이 문제였다.

"난 그 어려운 훈련도 통과했어! 긴장 풀어."

철원은 자기 자신에게 최면을 걸듯 중얼거렸다.

한편, 철원이 본인만의 루틴을 가지고 있을 때, 긴장을 풀기 위해 노력하는 철원을 한심하다는 듯 쳐다보는 사람이 있었다.

"아니, 철원 씨. HID(북파 공작원) 출신이라면서 뭘 그리 긴장하고 그래?"

철원을 무시하듯 말을 거는 사람은 해병 수색대 출신이라며 해병대 부심을 부리던 곽원이란 남자였다.

곽원은 해병대 부심도 부심이지만 오늘 챌린지에 참여하는 사람 중 유독 다른 참가자들과 마찰을 가져 대한민국 넘버원 스페셜 포스 챌린지의 PD인 김연성에게 한차례 주의를 받았음에도 전혀 태도를 고치려 하지 않고, 일관되게 출연자들과 트러블을 만들었다.

하지만 철원은 조용히 자신에게 말을 건 곽원을 한차

울트라 코리아

례 쳐다보다가 시선을 돌렸다.

철원에게 곽원 정도는 솔직히 문젯거리도 되지 못했다.

그가 생각하는 현재 가장 중요한 문제는 자신의 앞을 막아설 아레스 1기 멤버들이었다.

대한민국 넘버원 스페셜 포스 챌린지에서 대항군 역할을 맡은 아레스 1기 멤버들은 총 서른두 명으로, 자신을 뺀 나머지 인원이 전부 대항군으로 편성되었다.

서른세 명의 아레스 1기 훈련생 중 10등을 한 자신이 생각하기에 상대하기 까다로운 존재는 남은 훈련생 전부였다.

비록 자신이 훈련 수료 성적이 서른세 명 중 10등이라지만 그 차이는 얼마 되지 않았다.

또 서로 출신 부대가 다르다 보니, 특기도 달라 자신보다 등수가 낮다고 해서 쉽게 생각할 수 있는 것이 아니었다.

그런 것도 모르고 저 곽원이란 자는 방송 촬영이라고 쉽게 생각하는 것 같아 어처구니가 없었다.

더욱이 촬영 초기 그가 보였던 건방은 참으로 가소로웠다.

막말로 이 자리에 있는 사람 중 해병대 수색대보다 못한 참가자가 어디 있나.

또 대항군으로 나온 아레스에도 그런 사람은 아무도 없었다.

그렇다고 철원이 해병대를 무시하는 것은 아니었다.

해병대 중에서도 지원자로만 받는 해병 특수 수색대 출신인 김영웅이 그가 속한 아레스 1기 중에서 1등을 하지 않았는가.

그러니 해병대를 무시하는 것은 아니지만 그래도 곽원은 아니었다.

아레스에 입사하여 정수호 교관에게 교육을 받으면서 자신이 상대해야 할 존재에 대한 역량 파악 능력이 비약적으로 발달하였다.

HID로 현역에 있을 당시, 한순간의 판단이 생명과 직결되기에 상대에 대한 역량 파악은 무엇보다 중요했다.

그래야 북한에 침투하여 군이 요구하는 임무를 완벽히 수행한 후, 그 정보를 가지고 무사히 돌아오지 않겠는가.

만약 자신의 역량과 상대의 기량도 모르고 무턱대고 행동했다가는 무수히 스러져 간 밤하늘의 별처럼 자신도 선배 HID와 같이 북한 산하에 묻혔을 것이다.

하지만 자신은 무수히 많은 임무에서 살아남아 무사히 전역하였다.

전역을 한 뒤 군복무 시절의 경력 때문에 직업을 갖

는 데 여러 제약을 받아 세월을 그냥 흘려 버리다 우연한 기회에 옛 상관을 만나 아레스에 입사할 수 있게 되었다.

그런 철원에게 눈앞에서 알짱거리는 곽원은 솔직히 멋모르고 까부는 하룻강아지처럼 보일 뿐이었다.

"아니, 사람을 무시해도 유분수지. 물었으면 대답을 해야 할 것 아냐!"

철원이 조용히 시선을 돌리자, 자신의 기세에 꼬리를 만 것으로 착각한 곽원은 더욱 큰 소리로 고함을 질렀다.

"거기, 무슨 일이야?"

챌린지에 참가한 사람들이 출발선에 제대로 준비하고 있는지 살피던 김연성 PD가 소리를 질렀다.

"아, 아닙니다."

PD의 큰소리에 곽원은 언제 그랬냐는 듯 목소리를 낮춰 대답했다.

이미 한차례 주의를 받은 상태라 또다시 걸렸다가는 정말로 퇴출 명령을 받을지도 몰랐기 때문이다.

대한민국 넘버원 스페셜 포스 챌린지를 담당하는 김연성 PD는 촬영 중 트러블을 일으키는 사람은 절대 그냥 두고 보지 않겠다고 으름장을 놓았다.

그도 그럴 것이, 이 자리에 모인 사람은 각자 한 명

한 명이 흉기와도 같은 사람들이었다.

20대 중반에서 30대 초반대의 전원이 군에서 살인 기술을 배웠기 때문이다.

한마디로 살인 기계라고 봐도 무방할 사람들인 것이다.

그렇기 때문에 초장에 기강을 잡아 놔야 촬영이 편했다.

이는 다년간 방송국 PD 생활을 하면서 다양한 사람들을 만나 본 경험이 있기에 가능한 방송 노하우였다.

"피곤해도 조금만 참으세요."

김연성 PD는 강약을 조절하며 맹수와 같은 출연자들을 잘 이끌었다.

"이번 촬영만 마치면 맛있는 저녁과 휴식 시간이 주어질 것입니다."

대한민국 넘버원 스페셜 포스 챌린지는 오후 촬영을 마치고도 야간 촬영이 잡혀 있었다.

그러니 이번 촬영만 빠르게 끝마치고 휴식을 줄 계획이었다.

"카메라 1, 준비되었습니까?"

― 치직! OK!

"그럼 카메라 2……."

김연성은 빠르게 카메라들을 체크하였다.

야외 촬영이다 보니 어떤 변수가 있을지 모르기에 철저히 준비하였다.

한편, 이번 촬영의 안전을 책임지게 된 수호는 높게 설치된 전망 탑에서 아래를 내려다보고 있었다.

수호는 안전뿐만 아니라 이번 촬영에서 출연자들에 대한 판정도 함께하는 심판의 역할도 맡았다.

수호가 심판까지 맡게 된 배경은 별거 없다.

그의 약력이 특전사 상사 출신이고, 또 아프가니스탄에 파병을 나가 혁혁한 공을 세워 무공 훈장을 받은 이력이 있으며, 또 미군에게 동성 무공 훈장을 받았다는 것도 있지만 결정적으로 잘생겼다.

누가 보면 이제 갓 데뷔하는 아이돌 멤버가 아닐까 싶을 정도로 젊고 잘생겼다.

다만 반전이라면, 그의 나이가 서른이란 것이지만 말이다.

그저 외국인들이 흔히 말하는 어려 보이는 아시아인이 아니라 같은 아시아인, 그것도 최강 동안을 자랑하는 한국인이 봐도 수호의 외모는 극강 동안이며 잘생겼다.

그렇기에 김연성 PD는 시청률을 위해 최대한 수호를 카메라에 담고 싶어 이런 부탁을 한 것이다.

또 최강을 뽑는 챌린지에 심판이 빠질 수 없으니 어

쩌면 당연한 자리였기에 수호도 이를 순순히 받아들였다.

어차피 이것도 아레스와 맺은 계약의 마지막이었기에 수호는 마지막 유희를 즐긴다는 생각으로 들어준 것이기도 했다.

"잘하고 있군."

멀리 떨어져 있기는 하지만 인간의 범주를 넘어선 그의 귀에는 조금 전 저 아래에서 철원과 또 다른 출연자가 트러블을 일으키는 것을 똑똑히 들었다.

한 출연자가 철원을 상대로 시비를 걸었지만 철원은 그것을 신경 쓰지 않고 넘겼다.

그렇게 출연자들과 또 대항군으로 진지를 구축하고 있는 아레스 1기 멤버들의 모습을 살피고 있을 때, 드디어 오후 촬영이 시작되었다.

촬영의 내용은 진지 탈환이었다.

특수부대가 하는 작전과는 크게 상관없는 일반 보병들의 작전이지만, 빠르게 개인 기량을 볼 수 있는 방법이기에 제작진에서 넣은 미션이다.

— 액션!

현장에 설치되어 있는 스피커에서 촬영 시작을 알리는 김연성 PD의 신호가 울렸다.

두두두두.

팡팡팡!

*　　　　*　　　　*

김연성 PD의 신호와 함께 출발선에서 대기하던 출연자들이 일제히 빠른 속도로 고지를 향해 달리기 시작했다.

그러자 고지를 선점하고 있던 대항군 쪽에서 견제가 들어왔다.

대항군과 고지를 향해 달리는 출연자들의 손에 들려 있는 것은 실제 총이 아닌 페인트 볼 발사기로, 일반 소총과 무척이나 닮아 있지만 실탄 대신 페인트가 들어 있는 볼을 발사했다.

그렇기에 실전과 같은 긴장감은 보여 줄 수 없지만, 그와 유사한 상황을 접할 수 있기에 민간에서도 스포츠로 이것을 이용해 서바이벌 게임을 즐기는 인구가 많아지고 있다.

"2인 1조로 움직여!"

철원은 아레스에서 조를 짜 작전을 수행하는 훈련을 많이 받았다.

현역에 있을 때는 그 임무 자체가 은밀하여 혼자서 수행했었는데, PMC인 아레스의 임무는 그런 것이 아니기에 그에 적응해야만 했다.

그런 철원의 외침에 출연자들은 말을 하지 않았지만 서로 뜻이 맞는 사람들끼리 모여 임무를 수행했다.

팡팡!

페인트 발사기의 모양이 총과 같다 해서 그 사거리까지 비슷한 것은 아니다.

가스를 이용해 페인트 볼을 발사하는 것이기에 그 발사 속도나 사거리에는 많은 제약이 있었다.

그렇기에 위에서 아래로 사격하는 대항군에 비해 출연자들이 페인트 볼 발사기를 사용하는 시기가 늦어졌다.

하지만 그럼에도 출연자들은 대항군이 발사하는 총알(페인트 볼)을 요리조리 잘 피하면서 대응하기 시작했다.

"이야!"

"하아아아!"

개중에는 괴성과 고함을 지르며 고지에 오르는 이들도 있었다.

그런데 역시나 최근까지 실전 같은 훈련을 하였고, 또 부대 전술을 훈련했던 대항군에게는 미치지 못했는지 하나둘 대항군이 발사한 총알에 맞는 출연자들이 속출했다.

— 신준식 아웃! 신준식 아웃!

— 김삼식 아웃! 김상식 아웃!

현장 곳곳에 설치된 스피커에서 연신 출연자 중 하나하나 골라 판정을 내렸다.

"후후."

철원은 가쁘게 숨을 쉬며 연신 좌우로 갈지자를 그리며 뛰었다.

그렇게 수시로 방향을 틀어 대항군이 자신을 정확하게 조준하지 못하게 하면서 대항군을 향해 총을 발사하며 뛰었다.

— 곽원 피격! 곽원 피격! 그 자리에서 낮은 포복으로 움직이세요. 다시 말합니다. 곽원 씨, 피격되었습니다.

스피커에서 연신 곽원에 대한 소리가 들렸다.

하지만 철원은 자신의 우측 후방 3미터에 떨어져 연신 뛰고 있는 곽원을 신경도 쓰지 않고 계속해서 움직이며 목표인 고지 위로 달렸다.

이번 게임의 목표는 출발점에서 100미터 위에 있는 고지까지 오르는 것이다.

출연자가 그곳에 오르게 되면 대항군은 더 이상 그들을 공격할 수 없다.

그러니 주어진 40발의 총알(페인트 볼)을 모두 소모하기 전에 고지에 오르면 된다.

그 과정에서 대항군을 잡게 되면 가산점이 붙게 되고, 그렇지 않고 사망 판정이 되면 이동 거리를 측정해 탈락과 다음 라운드로 진출을 가리게 된다.

"으아, 통과!"

실질적인 첫 미션인 이번 고지 점령은 철원이 가장 먼저 도착하였다.

철원은 고지에 오르면서 대항군이 총을 쏘기 위해 모습을 보였을 때, 이에 대응하기보단 그들의 면면을 먼저 살폈다.

그뿐만 아니라 주변 지형도 함께 살피면서 고지에 오를 최적의 루트를 정했다.

아레스 1기의 대표인 김영웅에게 교관인 수호의 경고를 전해 들었기에 최대한 이번 챌린지에 오래 살아남아 최종적으로 우승을 할 생각이었다.

솔직히 좋은 성적을 내는 것은 걱정이 없었다.

챌린지에 출연이 결정되자 그들과 함께하면서 이들의 역량을 살펴보았다.

그들 중 자신이 경계해야 할 사람은 몇 없었다.

자신을 UDT 출신이라고 했던 백두산 형님이나, 707 특임대 출신이라고 했던 조영방과 헌병 특경대 출신의 박용일 정도가 주의해야 할 경쟁자였다.

UDT 출신의 백두산 같은 경우 50대로 많은 나이가

핸디캡이지만 많은 경험과 불굴의 정신이 있기에 경쟁자로 충분했다.

또, 707특임대였던 조영방의 경우 말해 무엇 하겠나.

707특임대는 특수부대 중에서도 최정예로만 구성된 대테러 부대가 아닌가.

그리고 헌병 특경대의 박용일, 사실 헌병 특경대에 대한 정보는 많지 않았다.

다른 특수부대도 알려진 정보가 많지 않았지만 헌병 특경대도 마찬가지였다.

그저 하는 일이 대한민국의 요직에 있는 대통령이나 국무총리 등을 유사시에 경호하는 부대라는 것밖에 알려진 것이 거의 없었다.

그렇기에 철원도 헌병 특경대라는 이름을 들었을 때 경계하고 그를 살폈다.

아니나 다를까, 언뜻언뜻 보이는 그의 몸은 온몸이 근육으로 터질 것만 같은 모양을 하고 있었다.

그저 단순히 트레이닝으로 부풀어 오른 뻥 근육이 아닌 훈련으로 잘 조직된 대리석을 보는 듯한 단단한 근육이었다.

그런 근육을 가진 사람은 결코 쉬운 상대가 아니다.

또한 그러한 존재들은 자신이 속한 아레스의 동기들밖에 없었다.

철원이 그렇게 고지에서 올라오고 있는 다른 출연자들을 지켜보고 있을 때, 하나둘 목적지인 고지에 도착하는 이들이 있었다.

그리고 철원이 속한 조가 다 올라오자 다음 출연자들이 출발지에서 고지로 올라오는 모습이 보였다.

한 조당 스무 명으로 구성된 열 개의 조가 모두 고지에 오르자 대한민국 넘버원 스페셜 포스 챌린지의 1차 오후 촬영이 끝났다.

*　　　*　　　*

오후 촬영이 끝나자 수호는 자신을 찾는 김연성 PD에게로 갔다.

"부르셨다고요?"

전망 탑 위에서 촬영 현장을 지켜보며 판정을 내리고 온 수호는 스태프들과 이야기하고 있는 김연성 PD에게 물었다.

"아, 네. 잠시 의논을 좀 해야 할 것 같습니다."

약간 미안하다는 투로 의논해야 한다는 김연성 PD의 대답에 고개를 갸웃거렸다.

촬영은 잘 끝났는데 자신과 의논해야 할 것이 있다는 말이 의아했다.

자신은 그저 맡은 바대로 출연자들의 생사 판별만 해 주었는데, 굳이 자신과 의논할 것이 있나 하는 생각이 들었던 것이다.

'굳이 나와 촬영에 대해 의논할 것이 있나?'

그런 의문을 갖고 있을 때 김연성 PD의 말이 이어졌다.

"대항군으로 나오는 아레스의 직원 분들이 너무 잘하셔서……."

"아."

그제야 PD가 무슨 말을 하려는 것인지 깨달았다.

위에서 출연자들의 생사를 판가름하면서 촬영을 지켜보았다.

그런데 출연자들이 대항군이 지키고 있는 구간을 통과하는 비율이 너무도 저조했던 것이다.

물론 자신이 그렇게 주문을 하고, 또 훈련을 시켰지만 챌린지 출연자들도 모두 전직 특수부대 출신들이라 했다.

하지만 수호가 지켜본 결과 다들 군대를 나온 뒤 몸 관리를 제대로 하지 않은 것인지 형편없었다.

물론 그중에는 관리를 잘해서 현역 특수부대원이나 자신이 가르친 아레스 1기들에 버금가는 출연자도 드문드문 보였다.

그렇지만 대체적으로 수준이 한참 미달이었다.

그 때문에 사실상 1차 미션을 통과한 이가 스무 명도 채 되지 않았다.

사실 이 정도면 굳이 촬영을 더 이상 할 이유가 없었다.

이번 촬영은 전적으로 대한민국 특수부대가 엄청난 능력을 가지고 있고, 이런 최강의 군인이 나라를 지키고 있으니 안심하라는 메시지를 시청자들에게 전달하는 것이 목적이었다.

그런데 전직 특수부대 출신들이 첫 번째 미션부터 이렇게 깨져 버리니 되겠는가.

더욱이 곳곳에 취지와는 반대로 트롤 짓을 하고 있는 사람이 자리하고 있으니, 보는 내내 답답할 노릇이었다.

전문가는 아니지만 수호는 지금 이번 프로그램의 책임자인 PD가 무슨 말을 하려는지 짐작할 수 있었다.

곧이어 들린 김연성 PD의 이야기는 그런 수호의 짐작을 한 치도 벗어나지 않았다.

"아무래도 대항군의 숫자를 줄여야 할 것 같습니다."

촬영 협조를 하는 조건으로 아레스에서 서른세 명의 신입들을 내보냈다.

원래 심보성 사장의 요구는 절반 정도를 챌린지에 내

보내고, 또 남은 절반의 인원을 대항군으로 세울 생각이었다.

이런 이야기를 했을 때, 김연성 PD는 난색을 보였다.

협조 요청을 하러 왔다가 자칫 덤터기를 쓸 수 있었기 때문이다.

아레스에서 대항군을 해 주면서 또 절반의 인원을 출연자로 집어넣겠다는 말은 자칫 방송국에서 조작했다는 오해를 받을 수 있는 문제였던 것이다.

그렇지 않은가.

생각해 보면 아주 간단하다.

대항군이 자신과 같은 직장 동료를 일부러 좋은 성적을 내게끔 암묵적으로 도움을 줄 수 있다고 생각할 수 있으니 말이다.

경쟁을 모토로 하는 예능 프로그램에서 그런 전례가 아예 없는 것도 아니니, 그런 의심을 하는 것이 당연하기도 했다.

그래서 나온 대안이 아레스에서 한 명만 출연자로 내보내고, 남은 인원은 대항군을 해 주는 것이었다.

이게 신영은 작가가 내놓은 중재안이었고, 심보성 사장이나 김연성 PD도 그게 낫다는 생각에 받아들였다.

하지만 결과는 좋지 못했다.

1차 미션을 끝낸 뒤 나타난 결과는 방송 불가에 가까

웠다.

물론 대항군으로 나온 사람들도 모두 전직 대한민국의 특수부대원들이지만 방송을 통해 볼 시청자의 입장에선 그렇게 생각하지 않을 것이기 때문이었다.

카메라의 포커스는 출연자들이다.

대항군이 출연자들처럼 전직 특수부대원이라 해도 그건 시청자에게 전달되지 않는다.

대한민국 넘버원 스페셜 포스 챌린지의 주인공은 어디까지나 출연자들이기 때문이다.

그러니 방송을 위해선 특단의 조치가 필요했다.

결국 막강한 대항군의 숫자를 줄이는 것이다.

"음……."

김연성 PD의 이야기를 들은 수호는 작은 신음을 흘렸다.

그가 고민할 때 하는 버릇이었다.

'누굴 빼고 누굴 남겨야 할까?'

김연성의 입장에선 어떻게든 출연자들이 멋있는 모습으로 대항군을 이겨 나가는 것을 보여 주는 것이 최고다.

하지만 아레스의 입장에서는 대항군으로 있는 아레스의 직원들이 뛰어난 모습을 보여 의뢰인들로부터 신뢰를 얻고 새로운 계약을 따내는 것이 목적이었다.

그러니 심보성 사장은 대항군으로 있는 자신의 직원들이 잘하는 모습을 보이길 원했다.

그렇지만 현재 너무 차이 나는 출연자와 대항군으로 인해 문제가 발생했다.

이렇게 가다가는 프로그램이 그냥 엎어질 수도 있었기 때문이다.

"알겠습니다. 저녁 촬영 때는 숫자를 줄이도록 하죠."

어쩔 수 없는 문제다.

방송의 메인은 아레스가 아닌 방송국과 출연자들이니, PD의 말을 들어야 하는 것이 맞았다.

그렇게 PD와 이야기를 끝낸 수호는 발길을 돌려 대항군이 있는 곳으로 향했다.

*　　　　*　　　　*

웅성웅성.

간이 텐트와 임시로 마련된 테이블에서는 많은 사람들이 저녁 식사를 하는 중이었다.

JTV에서는 이번 촬영을 위해 많은 준비를 한 것인지 도시락이 아닌 밥차를 동원해 출연자들과 스태프들에게 식사를 제공하고 있었다.

"방송 촬영 현장이 열악하다고 하던데, 그렇지도 않나 보네."

"이번 촬영은 국방부에서 지원을 한다더라고."

"그래."

여기저기서 비슷한 이야기들이 오고 갔다.

저벅저벅.

수호는 저녁을 먹고 있는 사람들을 헤치며 아레스 1기들이 있는 곳으로 향했다.

그런데 간이식당에서 저녁을 먹고 있던 사람들은 친한 이들끼리 모여 떠들던 것을 멈추고 수호를 쳐다보았다.

그러면서 아주 작은 목소리로 소곤거리기 시작했다.

"휘유, 저 얼굴로 아프가니스탄에서 날렸다네."

"저 사람이 충무하고 화랑 무공 훈장을 받았다던데."

"그뿐만이 아니라 미군에게서 동성 훈장도 받았대."

"시발, 혼자 다 가졌네."

촬영 전 수호에 대해 설명할 때 귀담아들은 이들이 친한 사람들에게 수호의 이야기를 하고, 또 그 옆에선 부족한 부분을 떠들어 댔다.

그러다 급기야 감탄 섞인 투덜거림도 새어 나왔다.

하지만 수호는 자신에 대한 소란스러움은 전혀 신경도 쓰지 않고 오직 목표를 향해 걸었다.

"식사하셨습니까?"

저녁을 먹고 있던 김영웅이 벌떡 일어나 물었다.

"아아, 난 천천히 먹을 테니 걱정하지 말고 먹으면서 들어."

그러자 식당 한편에서는 언밸런스한 모습이 벌어지고 있었다.

20대 초반으로 보이는 수호를 향해, 20대 후반에서 30대로 보이는 이들이 긴장한 모습을 보였고, 또 조심하는 모습이 식사하다 지켜보는 사람들에게 괴이함을 자아냈다.

"알겠습니다."

김영웅은 수호의 말에 얼른 자리에 앉았다.

한데 수호의 말을 들었음에도 그 누구도 수저를 드는 사람은 없었다.

그런 모습에 수호는 살짝 쓴웃음을 짓고 말하기 시작했다.

"저녁 먹은 후 일부만 남고, 스무 명은 이 시간부로 수료다."

"……."

"……?"

수호가 간단하게 말을 끝냈지만, 이를 듣고 있던 아레스 1기들은 하나같이 멍한 표정들이었다.

방금 전 수호가 한 이야기를 이해하지 못했던 것이다.

원래 아레스 1기들의 훈련 과정은 이번 주가 수료로, 나흘 뒤였다.

즉, 대한민국 넘버원 스페셜 포스 챌린지의 촬영이 끝날 때까지 보류되었다는 소리다.

그런데 교관인 수호가 그것을 나흘이나 단축시켜 버린 것이다.

비록 수호가 사장은 아니지만 그런 결정을 할 수 있는 건 아레스 1기의 훈련은 전적으로 수호에게 책임이 있었기 때문이다.

"왜? 휴가 일찍 떠나는 것이 싫어? 아니면 내게서 훈련을 더 받고 싶나?"

아무런 반응도 하지 않는 그들을 보며 수호가 작게 말했다.

"아, 아닙니다."

"아닙니다."

수호의 다음 말이 떨어지기 무섭게 아레스 1기 훈련생들은 자신들이 훈련 과정을 수료했다는 것을 인지하고 얼른 대답하였다.

불과 한 달이었지만 아레스 1기에게 그 기간은 절대로 짧은 시간이 아니었다.

"영웅이하고 민호 둘이 남아서 여기 도울 인원 열 명을 뽑아서 보고해."

아레스 1기 중 1등과 2등을 한 김영웅과 송민호에게 방송에 남을 인원을 뽑으라 하였다.

두 사람이 아레스 1기에서 인망이 높기에 시켰던 것이다.

"알겠습니다."

"그래, 그럼 마저 저녁들 먹고……."

"예."

이야기를 끝낸 수호는 바로 식당을 나섰다.

수호는 외계인의 축복(?)으로 확 바뀐 외모 때문에 어딜 가든 사람들의 시선을 모았다.

다른 때라면 그런 시선에 신경 쓰지 않았지만 지금은 그럴 수가 없었다.

아니, 수호가 시선을 의식한다기보다 자신 때문에 식사 자리가 불편해진다는 것을 알기에 피했던 것이다.

하지만 어딜 가나 별종은 있기 마련이었다.

막 수호가 식당을 빠져나갔을 때, 어디서 먹고 온 것인지 오후 촬영에 들어가기 전 정철원과 작은 트러블을 일으켰던 곽원이 불콰하게 취한 모습으로 나타나 수호를 보자 시비를 걸었다.

오후 1차 미션 촬영이 끝나고 곽원은 또 한 번 김연성 PD에게 훈계를 들었다.

물론 전적으로 곽원이 잘못한 것이었기에 그는 자신을 훈계하는 PD에게 한마디도 하지 못했다.

대한민국 넘버원 스페셜 포스 챌린지의 출연자들은 촬영에 들어가기 전, 모두 계약서를 작성했다.

계약서에는 어떠한 상황에서도 촬영 스태프의 지시를 따라야 한다는 내용이 있었다.

생명과 관계된 문제나 집안에 긴급한 문제가 아니라면, 무조건 스태프의 지시를 받겠다고 본인 손으로 사인까지 하였다.

그렇기에 김연성 PD의 훈계에 불만이 있었지만 어쩔 수 없었다.

다만 그로 인해 그의 자존심에 상처를 입은 듯했다.

곽원이 김연성 PD에게 훈계를 들은 부분은 바로 촬영 중 부상 판정을 받았음에도 불구하고 뛰었기 때문이다.

서바이벌 게임을 하던 중 곽원은 대항군이 쏜 총에 맞아 오른쪽 다리에 페인트가 묻었다.

즉, 오른쪽 다리에 부상을 당했다.

그렇다면 스태프의 지시대로 바닥에 쓰러져 이동해야

하는데도 달리면서 대항군에게 총을 쏘아 댔다. 명백한 곽원의 잘못이었다.

하지만 그는 이를 인정하지 않았다.

귀신 잡는 해병이란 그의 드높은 자존감에 그 정도 부상은 부상도 아니란 생각에서였다.

그렇지만 계약에 위반하는 그의 잘못이었고, 어느 누구에게 물어봐도 통용되지 않는 억지였다.

그로 인해 한 번 더 촬영 중 그런 행동을 한다면 더는 봐주지 않겠다는 통보를 김연성에게 듣고 조용히 물러났다.

그렇다 해도 곽원의 고집은 꺾인 것이 아니었다.

그는 촬영이 끝날 때까지 음주를 금한 PD의 지시를 무시하고 촬영장 밖으로 나가 술을 먹고 돌아왔던 것이다.

그때, 그의 눈에 가장 먼저 띈 사람이 막 식당을 나서는 수호였다.

"뭐야, 이 어린놈은?"

다른 사람들에게 편하게 저녁을 먹으라고 식당을 나서던 수호는 느닷없는 고함 소리에 고개를 돌렸다.

"무어얼 꼬라 바아!"

반쯤 풀린 말투와 짙게 풍기는 술 냄새는 그가 얼마나 술을 많이 먹었는지 알 수 있었다.

"지금 나한테 한 말인가?"

수호는 높낮이가 전혀 없는 목소리로 물었다.

하지만 수호를 보며 시비를 걸려고 작정한 곽원의 눈에는 이제 겨우 20대 초반으로 보이는 어린놈이 자신을 무시하는 것으로 들렸다.

사실 겉보기에 수호가 곽원에 비해 어려 보이는 것이지, 절대 곽원보다 나이가 어리진 않았다.

아니, 오히려 수호가 곽원보다 두 살 더 많았다.

"이 새끼가."

휘청거리며 자신의 몸도 잘 가누지 못하는 곽원이 수호를 향해 달려들었다.

탁.

하지만 수호는 그런 곽원의 공격에 별다른 어려움 없이 한 손으로 쳐 내며 말했다.

"분명 촬영이 끝날 때까지 음주는 일절 금지라고 했을 텐데. 만약 이를 위반할 때는 바로 퇴소된다고 알려 주었을 것이고."

말하는 중에도 곽원은 자신의 공격을 막아 내는 수호의 모습에 화가 난 것인지 점점 격하게 소리치며 공격하였다.

웅성웅성.

식당 밖이 소란해지자 안에서 저녁을 먹고 있던 사람

들이 하나둘 밖으로 나왔다.

그러고는 만취 상태의 곽원이 수호를 상대로 시비를 걸고 있는 모습을 목격했다.

"아니, 저……."

"저 새끼……."

곽원의 추태를 목격한 사람들이 저마다 한마디씩 하였다.

"아니, 저놈이 교관님에게……."

막 식당을 나오던 아레스 1기들은 수호를 향해 주먹을 날리는 곽원을 보았다.

한편, 한두 차례 곽원의 엉성한 공격을 회피하던 수호는 사람들이 몰려드는 소리를 들으며 더 이상은 안 되겠다 싶어 그를 제압하기로 마음먹었다.

괜히 목격자도 없을 때 공격했다가 도리어 고소를 당할 수 있기에 사람이 나타날 때까지 기다렸던 것뿐이다.

퍽.

"윽."

휘청거리며 주먹을 휘두르는 곽원의 손목을 잡아 회전시켰다.

그러자 자신의 팔에 턱을 맞고 신음하는 곽원이이었으나 수호의 공격은 거기서 그치지 않았다.

아예 내친김에 더 이상 곽원이 소란을 피우지 못하도록 그의 팔을 붙잡고 당기며 그의 목을 조였다.

그로 인해 곽원은 자신의 팔에 의해 리어네이드 초크를 당했다.

4. 퇴근길

잠깐의 소란이 있기는 했지만 대한민국 넘버원 스페셜 포스 챌린지는 계속 촬영을 이어 갔다.

저벅저벅.

초록색 화면은 어두운 공간을 밝혀 주었다.

"계단 이상 무!"

— 뒷문 이상 무!

— 좌측 통로 이상 무!

어두운 건물에 들어선 이들은 무전을 통해 실시간으로 자신이 있는 곳의 상황을 말했다.

"지금부터 10초 뒤 진입한다."

철원은 자신의 조원들에게 10초 뒤 본격적으로 미션
을 수행한다고 말했다.

— OK!

— 뒷문 OK!

— 좌측 OK!

이들이 들어간 건물은 출입구가 세 개였다.

그렇기 때문에 팀을 셋으로 나눠 각각 네 명씩 인원
을 나눴다.

맡은 임무는 테러리스트에게 붙잡힌 인질을 구출하는
일.

2층으로 이루어진 건물로, 어떻게 보면 테러리스트
역할을 맡은 쪽이 불리할 수도 있었다.

원래 공성이란 게 방어하는 쪽이 3배 더 유리하다고
하지만, 그것은 어디까지나 입구가 막혀 있을 때의 이
야기이다.

이렇게 출입구가 세 개나 되는 곳에 비슷한 숫자의
인원이라면 차라리 공격하는 쪽이 더 유리한 측면이 있
었다.

공격하는 입장에선 모든 인원이 100% 전력을 다할
수 있지만, 방어하는 테러리스트의 입장에서는 인질을
붙잡는데 최소 한 명이 남아서 지켜야 하기에 공격진보
다 숫자에서 열세를 보인다.

다만 변수가 아예 없는 것은 아니다.

방어의 입장에선 거점의 지리를 잘 알기에 공격하는 상대에 비해 유리한 것이다.

이렇게 따지면 사실 플러스, 마이너스해서 효과는 제로다.

"GO!"

철원은 짧은 호성을 냈다.

약속된 시간이 되었기에 무전으로 작전 계시를 말했던 것이다.

척척.

탕탕!

건물에 진입하기가 무섭게 총소리가 났다.

물론 실전이 아니기에 실탄을 사용하는 것이 아닌 공포탄을 사용하고 있었다.

그런 후 피격 판정은 군대에서 교전 장비를 빌려 와 그것으로 부상 내지는 사망을 판정하는 것이다.

이들은 온몸에 센서를 부착하고 있기에 이들이 들고 있는 총을 쏘게 되면 총알이 발사되는 소음과 함께 레이저도 발사된다.

그러면 피격이 되었을 시 몸에 부착하고 있는 센서가 작동하여 대미지를 산출한다.

그렇게 산출한 대미지 양에 따라 사망 내지 부상 정

도를 판가름하고, 사망 판정을 받은 사람은 더 이상 어떤 움직임도 대화도 할 수 없도록 약속되어 있다.

탕탕!

— 좌측 통로 확보.

— 뒷문 확보.

"1층 정문 확보, 1층 수색 후 2층으로 진입한다."

— OK! 접수.

— 접수 완료.

총소리가 울렸지만 사실 진압 조나 테러리스트나 양측 모두 어떤 피해도 없이 교전이 끝났다.

출입구가 세 곳이다 보니 테러리스트 쪽에서 적당히 교전을 하다 2층으로 후퇴하였기에 양쪽 모두 별다른 피해가 없었던 것이다.

하지만 2층부터가 사실상 본격적인 격전이 벌어지는 장소였다.

＊　　　　＊　　　　＊

한편, 정철원 조의 미션을 멀리 300미터 떨어진 곳에서 커다란 TV 화면을 통해 많은 사람들이 지켜보았다.

몇 명은 이미 같은 미션을 끝내고 느긋하게 철원의 조가 하는 미션을 보는 중이었고, 또 아직 미션을 촬영하지 않은 사람들은 같은 조원끼리 모여 어떻게 수행할 것인지를 논의하였다.

"정석으로 미션을 수행하는군요."

철원의 조가 1층을 확보하는 걸 지켜보던 김연성 PD가 작게 중얼거렸다.

"그건 어쩔 수 없는 일입니다. 장비가 보병들에게 주어지는 것이니……."

옆에서 함께 모니터를 보고 있던 수호가 대답하였다.

방송 타이틀이 대한민국 넘버원 스페셜 포스 챌린지이지만 참가자들이 사용하고 있는 장비는 특수부대원들이 사용하는 장비가 아닌 일반 보병이 사용하는 K—2 소총이었다.

하지만 어쩔 수 없었다.

방송국에서 빌려 온 장비가 구형인 K—2에 맞춰진 것이기 때문이다.

군에서는 군현대화 사업으로 기본 제식 무기인 소총을 구형의 K—2에서 신형으로 교체를 하고 있다.

총이란 것이 신형과 구형이라 부르기는 하지만 그 위력이 바뀌는 것은 아니다.

그저 부가 장비를 보다 편리하게 탈부착할 수 있게 몇몇 부위를 개조하는 것이다.

예를 들면, 단순 총열의 발열을 해결하기 위해 부착

되어 있던 총열 덮개를 피카티니 레일을 부착한 형태의 것으로 교체하여 손잡이를 만들어, 시가전에 사용이 편리하게 만든다거나 조준을 좀 더 쉽게 하기 위해 도트 사이트를 사용할 수 있게 만드는 등 총기를 현대전에 맞게 업그레이드를 하는 것이다.

대한민국 특수부대는 물론이고, 세계의 모든 특수부대원들이 사용하는 총기류는 대부분 이런 피카티니 레일과 도트 사이트 등 개활지는 물론, 시가전 혹은 건물 내부에서의 전투에도 편리하게 개조된 총기류를 사용하고 있다.

그렇지만 대한민국 넘버원 스페셜 포스 챌린지는 참가자가 전직 특수부대 출신들이지 방송의 한계 아니, 예산의 한계 때문에 어쩔 수 없이 일반 보병 장비를 사용하고 있었다.

"앞의 조들도 그랬듯 결판은 아마 2층 계단 확보 단계에서 날 겁니다."

수호가 화면을 지켜보고 있는 김연성 PD에게 설명하였다.

기본적으로 주어지는 조건이 똑같으니 어쩔 수 없었다.

물론 자신이라면 저들처럼 평범하게, 테러리스트에게서 인질을 구출하지는 않을 것이다.

처음 필리핀에서 돌아온 뒤, 수호는 자신의 신체에 적응하기 위해 많은 노력을 했다.

외계인의 기술로 세포 아닌 유전자 단위로 개조된 수호의 몸은 이제 인간이라 말할 수 없을 정도로 엄청났다.

물론 유전자 검사를 하면 인간과 다를 것은 없었다.

다만 인간이 검사를 하고 확인할 수 있는 것이 한계가 있어 유전 정보를 100% 모두 밝히지 못했다는 것이 수호의 변화를 정확하게 알아내지 못하는 것이다.

아무튼, 그 때문에 수호는 조금만 힘을 주려고 해도 넘쳐나는 힘을 주체하지 못하고 컵이나 음료수 캔을 깨트리거나 곤죽을 내버려 낭패를 보는 경우가 많았다.

하지만 그것도 벌써 몇 달 동안 단련하면서 많이 극복되었다.

그런데 신체 변화는 근력만이 아니었다.

수호는 신장이 하나밖에 남지 않은 신체를 극복해 낸 것은 물론, 근력과 체력, 심폐 기능과 시력, 청력, 촉각, 미각 등 모든 면에서 월등해졌다.

그중에서 가장 두드러진 것은 뭐니 뭐니 해도 연산 능력이었다.

수호의 연산 능력은 그에게 종속된 인공 지능 생명체인 슬레인에 못지않았다.

외계 컴퓨터 생명체이기도 한 슬레인에 뒤지지 않는 연산 능력과 지각 능력은 몇 가지 정보를 가지고 결과를 추론하였다.

그런 것을 보면 예언처럼 느껴질 정도로 뛰어났다.

이런 능력을 수호는 아레스 1기를 훈련시키면서 종종 써먹었다.

그랬기에 겉으로는 겨우 20대 초반으로 보이는 수호가 거친 특수부대 출신들인 아레스 1기들을 통제하고 가르칠 수 있었다.

만약 그런 능력들이 없었다면 수호가 아무리 혁혁한 무공으로 훈장을 탔다고 해도, 또 비슷한 또래지만 겉모습은 자신들보다 어려 보이고 꽃미남인 수호의 말에 절대 따르지 않았을 것이 분명하다.

"앗!"

김연성 PD가 TV 모니터를 보다가 깜짝 놀라 소리쳤다.

정문을 담당하던 철원의 조에서 순식간에 두 명의 사상자가 나왔기 때문이다.

그런데 김연성이 놀란 건 그런 이유뿐만이 아니었다.

철원의 뒤에 있던 조원이 그의 지시를 무시하고 급하게 계단을 오르다 숨어 있던 테러리스트에게 피격을 당해 사망했다.

하지만 여기서 두 사람이 테러리스트에게 사살되는 순간, 철원이 기민하게 움직여 아군을 죽인 테러리스트를 제압한 것은 물론이고, 자신들을 막고 있던 또 다른 테러리스트마저 제압했기 때문이다.

두 명이 죽고 계단을 막고 있던 테러리스트 세 명을 모두 처리하면서 중요한 중앙 계단을 확보하게 되었다.

비록 아군의 숫자가 줄어든 것은 큰 손실이라 할 수 있지만 중앙 계단을 확보했으니 오히려 이득이었다.

물론 희생이 적었다면 더 좋았겠지만 그건 어쩔 수 없었다.

'역시 철원의 실력이 좋네!'

원래가 HID 출신이다 보니 이런 좁은 곳에서의 전투가 철원에게 맞았는지 그의 건물 내 전투 능력은 아레스 내에서도 수준급이었다.

"대단하다."

"철원 씨, 대단한데."

제작진들 옆에서 지켜보던 출연자들이 방금 전 철원의 활약을 보며 탄성을 뱉어 냈다.

특히나 먼저 미션을 수행했던 팀에서는 아직 미션 수행을 하지 않은 팀의 목소리보다 더 컸다.

테러리스트 역할을 하고 있는 이들의 전투 능력을 경험해 보았기에 저 정도 활약이 어떤 것인지 잘 알고 있었기 때문이다.

건물 내부에서의 전투는 솔직히 공격과 방어, 어느 쪽이 더 유리하다고 확실하게 말할 수가 없다.

다만 익숙함의 차이다.

그런 면에서 아주 미세하게나마 방어하는 쪽이 조금 더 익숙하기에 유리한 점이 있기는 하다.

최대한 자신을 숨기고 적을 상대하는 것이 이번 미션 에서 주요 포인트인데, 자신이 볼 수 있다는 것은 적도 볼 수 있다는 말도 된다.

그런 조건하에 중력 반대 방향에 있는 이를 보고 맞 춘다는 것은 여간 어려운 것이 아니다.

더욱이 동등한 조건도 아니고, 상대가 약간이나마 유 리하다면 말이다.

그렇기에 앞서 미션을 수행한 조에서는 이 부분을 극 복하지 못하고 미션에 실패하거나 시간 초과로 물러나 야만 했다.

그런데 철원의 조에서 중앙 2층 계단을 확보하였다.

지금까지 중앙 계단을 확보한 조가 없었기에 충분히 감탄을 하고 칭찬받아 마땅했다.

역시나 중앙 계단을 확보한 철원의 팀은 그것을 이용 하여 좌측과 후방 계단도 빠르게 확보하는 모습을 보였 다.

"최초로 인질 구출 미션 클리어가 나오겠는데요."

김연성 PD는 수호를 돌아보며 이야기하였다.

지금 화면에 나오는 조의 조장인 철원의 신분을 알고 있기에 하는 말이었다.

"그렇긴 하지만 쉽진 않을 겁니다."

2층 계단을 모두 확보했기에 아무리 테러리스트로 분한 아레스 1기들의 능력이 뛰어나다지만, 숫자에는 장사가 없는 법이었다.

하지만 그것도 진압하는 팀에 또 다른 아레스 1기 멤버인 정철원이 있기에 그런 판단을 하는 것이지, 만약 그렇지 않았다면 이번 미션도 오후에 했던 미션처럼 통과하는 사람은 아무도 없었을 것이다.

수호가 이런 판단을 하는 근거는 챌린지에 참가하는 출연자들의 현재 스탯 때문이었다.

스탯이라고 해서 무슨 RPG 게임의 그런 것이 아니라, 그가 지금까지 지켜본 출연자들의 체력이나 순발력 등을 살펴본 것을 말한다.

출연자들의 일면을 살펴보면서 수호는 많이 실망하였다.

명색이 전직 특수부대원들이고, 자신이 훈련을 했던 부대의 명예를 안고 출연한 대한민국 넘버원 스페셜 포스 챌린지였다.

그렇다면 출연하기 전, 아니면 이곳에 오기 전까지 준비하고 나왔어야 할 터인데, 그런 준비를 한 사람은 몇 없었다.

그에 반해, 대항군으로 지금은 테러리스트 역할을 하는 아레스 1기들은 바로 어제까지 자신의 밑에서 훈련을 했다.

뿐만 아니라 이들은 보여 주기 식 훈련이 아닌, 수료 후 짧은 휴가를 마치고 바로 총알이 빗발치는 현장에 투입될 예정이었다.

며칠의 휴가도 사실 훈련으로 지친 신체와 정신을 안정시키라는 의미에서 주어지는 것이다.

그런 아레스 1기들과 여기 챌린지 출연자들 간의 간극은 조금 과장하면 하늘과 땅 만큼 차이가 날 수밖에 없었다.

지금 철원의 팀이 2층 계단을 확보한 것도 사실은 방송을 위해 수호가 이야기했기에 그런 그림이 나오는 것이었다.

만약 그들이 수호에게 훈련을 받았던 것처럼 했다가는 이곳에서 쉬고 있는 전원이 달려들어도 아레스 1기 열두 명이 지키는 건물 2층을 통과하지 못했을 것이다.

"역시 우승 후보가 있는 팀입니다."

김연성 PD는 TV 모니터에서 환호하며 건물 밖으로

나오는 정철원과 그의 조원들의 모습을 보았다.

"와, 미션 시작 19분 36초, 20분 전에 완료다."

원래 이번 미션 타임 리미티드는 30분이었다.

인원이 많다 보니 그 이상 시간을 주게 되면 촬영이 너무 늦게 끝난다.

또 촬영도 촬영이지만 테러리스트 역할을 하는 아레스 1기의 체력 문제가 있기에 미션 수행 시간을 30분으로 정했던 것이다.

아니, 체력이 문제가 아니라 정신적 피로가 문제였다.

출연자들이야 단순히 한 번의 미션을 하면 끝이지만, 상대하는 아레스 1기들은 5개 조나 상대를 해야 하기 때문에 체력적으로나 정신적으로 지칠 수밖에 없다.

그렇게 된다면 먼저 미션을 수행하는 조와 늦게 미션을 하는 조간의 형평성 문제가 야기될 수 있었다.

그래서 수호가 건의하여 미션 수행 시간을 30분으로 정하였다.

1개 조의 미션이 끝나면 10분간 휴식을 주고 다시 촬영에 들어가고, 그렇게 촬영을 해도 5개 조가 모두 미션을 끝내기까지 세 시간이 넘게 걸린다.

그것도 딱딱 촬영이 맞게 돌아갔을 때의 일이고, 중간에 트러블이 발생한다면 그보다 더 촬영이 길어질 것이다.

                    *   *   *

　한적한 시골길.

　늦은 시각에 승합차 한 대가 도로 위를 달리고 있었
다.

　차종은 국내 최고 자동차 브랜드 HD모터스의 대형
승합차인 스타크루즈다.

　HD모터스에서 럭셔리를 표방한 승합차로 국내 연예
인들이 많이 타고 다녔다.

　예전에는 미국의 럭셔리 벤을 선호했지만 가격이 너
무 높고 유지비 또한 만만치 않아, 비슷한 성능에 옵션
이 풍부한 HD모터스의 스타크루즈가 출시되면서 그것
으로 갈아타는 추세였다.

　그리고 신인 아이돌 그룹인 플라워즈도 이 스타크루
즈를 타고 이동 중이었다.

　"아니, 실장님. 이 늦은 시간에 굳이 서울로 올라갈
필요 있어요?"

　"맞아, 우리 내일 스케줄도 오후 늦게라면서요."

　플라워즈의 막내 라인 혜리와 크리스탈이 뭐가 마음
에 들지 않는지 투덜거렸다.

　"얘들아, 조금 힘들더라도 숙소에 가서 쉬는 것이 더

편하지 않을까?"

지방 행사를 하고 돌아가는 차 안에서 불만을 토로하는 막내들을 혜윤이 달랬다.

사실은 오늘 플라워즈의 지방 행사가 네 곳이나 되었다.

새벽부터 일어나 머리 손질을 한 후, 오전에 대전을 시작으로 광주를 찍고, 대구를 거처 속초에서 마지막 공연을 했다.

그 때문에 아침과 점심은 고속도로에서 해결할 수밖에 없었다.

뿐만 아니라 마지막 공연은 속초에서 밤 10시가 지나서야 끝났다.

그들의 원래 계획은 다음 날 스케줄이 오후 늦게 있어서 속초에서 1박을 하고 오전에 출발하기로 계획했었다.

그런데 무슨 이유에서인지 실장인 박인성이 공연이 끝나고 쉬고 있던 플라워즈를 불러 급히 서울로 출발시켰던 것이다.

약속과 다르게 서울로 복귀하는 것 때문에 피곤에 지친 플라워즈 멤버들이 짜증을 내고 있었다.

하지만 그런 플라워즈의 짜증에도 박인성은 굳은 표정을 한 채 아무 말도 하지 않았다.

그저 옆에서 운전을 하고 있는 로드 매니저 찬성에게 속도를 더 내라는 말만 할 뿐이었다.

무언가에 쫓기듯 박인성은 그렇게 지시를 내리고 간간이 오른쪽 사이드미러를 쳐다보았다.

'음.'

그의 눈에 차량의 불빛이 들어왔다.

조금 전까지만 해도 보이지 않았는데 어느 순간 나타났던 것이다.

그런데 그 불빛이 무척이나 빠른 속도로 자신들을 따라오는 게 아닌가.

"더 밟아."

느닷없이 더 밟으라는 지시에 운전을 하던 찬성이 돌아보았다.

"실장님, 무슨 일 있어요?"

분위기가 심상치 않음을 느낀 혜윤이 물었다.

그렇지 않아도 공연이 끝나고 돌아온 박인성 실장의 표정이 좋지 않아 혜윤은 불안한 느낌이 들었었다.

다만, 너무도 굳어 있고 심각했기에 이유를 묻지 못했다.

더욱이 이제 조금 인지도를 높이고 있는 신인 아이돌이 감히 실장에게 질문을 한다는 것은 언감생심 있을 수 없는 일이었기에 불안하지만 참았다.

그런데 이렇게 도로 위에서 속도를 더 내라고 하는 박인성 실장 때문에 더 이상 참지 못하고 물었던 것이다.

한편, 박인성은 방금 전 혜윤이 물어보는 질문에 대답을 할까 말까 고민하였다.

여자 아이돌이나 여배우들이 지방 행사를 가게 되면 종종 이와 비슷한 일이 발생하기도 한다.

그때마다 함께하는 매니저들이 이를 거절하면서 피한다.

그러면 보통 넘어가는데, 이번 상대는 그렇지 않았다.

자신이 속한 기획사가 조금 작아서 그런지, 아니면 그놈들이 막무가내로 공권력을 무서워하지 않는 것인지 무데뽀였다.

뒤에 무슨 백이 있는지 모르겠지만, 무명도 아니고 플라워즈의 인기는 이제 전국에 알려진 것은 물론이고, 일본과 동남아에서도 어느 정도 먹혔다.

그런 플라워즈에게 하룻밤을 제안하는 지방의 깡패 조직이라니, 처음 제안을 들었을 때 박인성은 자신이 잘못 들은 줄 알았다.

그래서 예쁜 여자, 그것도 이게 갓 피어오르는 미모의 여성 아이돌을 보고 잠시 회가 동해 미친 척 찔러 보는 것이라 생각하며 그냥 거절을 하고 넘겼다.

그런데 이놈들은 정상이 아니었다.

무슨 생각인지 막무가내로 자신을 윽박질렀다.

자신뿐만 아니라 자기들 제안을 받아들이지 않을 때는 플라워즈까지 가만두지 않겠다고 협박까지 해 왔다.

그것도 아주 구체적으로 어떻게 하겠다는 협박을 들었을 때, 인성은 이들이 그냥 농담을 하는 것이 아님을 깨닫고 행사가 끝나자마자 바로 행사장을 빠져나와 서울로 도망쳤다.

하지만 이런 사정을 모르는 플라워즈는 약속과 다르게 바로 서울로 출발한 인성에게 불만을 토로하고 있었다.

"아까 행사장에서……."

인성이 그간의 사정을 이야기하려던 그때, 그들이 타고 있던 차량이 불안하게 흔들렸다.

"야이, 운전 똑바로……."

갑자기 차선 변경을 하여 추월하려는 뒤차로 인해 찬성이 급히 핸들을 꺾는 바람에 생겨난 일이었다.

"음……."

인성은 정확히 보았다.

어둠 속이라 자세하진 않지만 자신들을 추월한 승합차 안에 사람들이 가득 차 있었으며, 그중 보조석에 타고 있던 사람의 머리가 마치 자신들을 쳐다보는 것처럼

돌아간 것을 말이다.

"찬성아."

인성은 급히 찬성을 불렀다.

"네?"

"저 차 추월해서 최대한 밟아."

"아니, 무슨…….."

"그냥 내 말대로 밟아, 새끼야!"

멍하니 자신의 말에 의문을 떠올리며 묻는 찬성이 너무 답답한 나머지 급기야 인성이 소리를 질렀다

평소 자신이 잘못했을 때 외에는 절대 쌍소리를 하지 않는 박 실장이 고함을 치는 것에 놀라 찬성은 급히 액셀을 밟았다.

그으응.

액셀을 밟고 스타크루즈 밴은 그 덩치에 맞지 않게 속도를 내기 시작했다.

                    *   *   *

7시에 시작된 저녁 촬영은 밤 11시가 다 되어서야 끝났다.

원래는 10시가 조금 넘어 본 촬영이 끝났지만, 몇몇 장면을 추가 촬영하고 현장을 정리하고 나니 11시가 다

되었던 것이다.

"수고하셨습니다."

"네. 수고들 하셨습니다."

마지막까지 남아 있던 아레스 1기들과 몇몇 출연자들은 서로 인사와 함께 촬영장을 빠져나갔다.

촬영 스태프들 또한 생각보다 일찍 끝난 촬영에 기뻐하며 환호하였다.

이제 촬영 첫날이지만 분위기도 좋았다.

또 출연자들이 전문 방송인들이 아닌 군인 출신들이다 보니 스태프들은 긴장을 꽤 했었다.

더욱이 이번 촬영은 특별히 예능국 국장이 신경을 쓰고, 다른 간부 인사들도 예의 주시하는 작품이라 촬영 스태프들 모두 긴장할 수밖에 없었다.

하지만 촬영은 생각보다 순조롭게 흘렀다.

물론 중간에 트러블이 없었던 것은 아니다.

출연자 중 유독 말썽을 부리던 출연자 하나가 저녁 촬영 전 어디서 술을 진탕 먹고 들어와 행패를 부렸다.

이미 퇴출이 예정되어 있던 사람이었는데, 역시나 그가 문제를 일으켰던 것이다.

그런데 사고는 생각보다 간단하게 끝나 버렸다.

분명 모든 사람들에게 공지했다.

촬영장의 안전과 원활한 진행을 위해 PMC에서 훈련

교관으로 있는 베테랑을 고문으로 초빙했다고 말이다.

겉의 외모만 보고 평가하지 말라고 경고까지 했다.

방송국에서 초빙한 고문은 그 이력부터가 남달랐다.

테러와의 전쟁으로 전 세계가 합심하여 미국에서 대규모 테러를 자행한 알카에다와 전쟁을 하고 있었다.

이 전쟁은 테러를 당한 미국이 주축으로, 미국과 동맹을 맺은 수많은 나라들이 참가하고 있었다.

그중 한국도 테러와의 전쟁에 예전에 없던 전투병을 파병하였다.

다만, 다른 나라들이 정규군을 파견한 것에 비해 대한민국은 정규군이 아닌 특수부대를 파견하였다.

그것이 인명 피해를 최소화한다고 판단했기 때문이다.

그도 그럴 것이, 대한민국 성인 남성은 대부분 신체에 결격이 없는 이상 군대에 간다.

하지만 이들은 너무도 평화로운 일상을 지내다 겨우 18개월만 군인으로 생활을 한다.

예전처럼 2년 이상 훈련과 진지 보수 등으로 단련이 된 것도 아니고, 겨우 1년 6개월 훈련을 한 것으로 실전에 들어간다면 어떤 피해를 입을지 모르는 것이다.

물론 그것만으로 충분히 전투를 수행할 수는 있다.

그렇지만 한국의 정서는 일반 부대 파병에 회의적이

었다.

아니, 처음에는 한국 정부도 일반 부대를 파병하려고 했지만, 국민적 저항에 부딪혀 그러한 시도를 철회하고, 직업 군인인 특전사 부대를 파병하는 것으로 결론 지었다.

그 때문에 파병 군인의 숫자는 줄어들게 되었지만 이런 대한민국의 통보를 받은 미군은 이를 더 환영했다는 후문이 돌기도 했다.

아무튼 그렇게 파병된 부대에서 고문으로 초빙된 정수호는 무려 7년을 복무하면서 혁혁한 공을 세웠다.

보통 파병 부대는 2년을 주기로 교체를 한다.

그래야 다른 부대에서 실전을 경험하면서 실력을 키울 수 있기 때문이다.

그런데 정수호가 있던 부대는 미군의 요청으로 무려 7년간 아프가니스탄에서 주둔하게 되었다.

대한민국 군부는 굳이 한 부대만 전투 경험을 쌓고, 나머지 부대는 그냥 국내에서 훈련만 시키지 않았다.

부대는 그대로 두고, 그 안에 있는 중대 단위로 교체하며 실전을 쌓게 하였다.

그럼에도 수호가 있는 팀은 바뀌지 않았다.

이는 미군으로부터 동성 무공 훈장을 받은 수호를 미군에서 놓아주지 않았기 때문이다.

어떻게 보면 이건 미군의 월권이라 할 수 있었지만, 현재 한국은 미국에게 많은 것을 의존하고 있었다.

더불어 전시 작전권이 미국에 있다는 이유로 미군의 통제를 받았다.

그러다 보니, 작전 수행 능력이 뛰어난 수호와 그의 팀은 아프가니스탄에서 다른 부대와 교체를 하지 못하고 장기간 주둔할 수밖에 없었다.

이런 이야기를 모두에게는 아니지만 어느 정도 출연자들에게 인지시켰다.

대단한 사람이 통제하고 있으니 괜히 사고 치지 말라는 경고 차원에서 말이다.

그렇지만 어디에나 이런 경고를 무시하는 반골들이 있었다.

그 대표적인 예가 바로 저녁 촬영 전 술을 먹고 들어와 수호에게 시비를 걸었던 곽원과 같은 사람이었다.

술 먹고 들어와 사고를 쳤던 곽원은 고문인 수호에게 덤볐다가 별다른 힘도 써 보지 못하고 제압되었으며, 몇 차례 다른 출연자들과 트러블을 일으켜 김연성 PD에게 경고를 들었던 것까지 하여 결국 퇴출되었다.

사실 그냥 퇴출이 된 것도 곽원의 입장에선 다행인 일이다.

만약 김연성 PD가 곽원에게 악감정이라도 있었다면

이번 문제로 민사 소송까지 갔을 수도 있을 만큼 심각한 문제였다.

그렇지만 촬영도 순조롭게 진행되고 있고, 또 간간이 수호가 카메라에 노출되면서 JTV 예능 평균 시청률에서 2~3% 정도는 더 나올 것 같다는 예감이 들어 그냥 넘어갔던 것이다.

이렇게 기분 좋은 느낌이 없었다면 아마 곽원은 출연 계약 불이행으로 상당한 금액의 손해 배상을 했을 것이다.

＊　　　　＊　　　　＊

모든 촬영이 끝나자 수호는 촬영장을 빠져나왔다.

내일 오전에 촬영이 있기는 하지만 서울과 촬영장까지는 그리 오래 걸리지 않기에 집에서 출퇴근하기로 했다.

이제 아레스와의 계약도 며칠 남지 않았기에 며칠만 이렇게 지내면 끝이라는 생각에 느긋하게 운전을 하였다.

슈웅.

애마인 하이퍼 X—2는 비행기의 제트엔진과 비슷한 소리를 내며 달렸다.

하이퍼 X—2는 일반 바이크가 아닌 전기 모터를 사용했다.

그러다 보니 일반 오토바이에 비해 소음도 적어 수호의 취향에 맞았다.

속도감도 300킬로미터 이상 달리는 슈퍼바이크에 뒤지지 않았기에 조용하고, 또 빠른 하이퍼 X—2는 처음 수호에게 인도되자마자 원래 자신의 것처럼 거부감 없이 자연스러웠다.

— 전방 5킬로미터 지점에 사고가 발생했습니다.

잘 달리고 있던 바이크에서 느닷없이 소리가 들렸다.

바로 슬레인의 목소리였다.

슬레인은 자신의 몸을 갖겠다는 욕구에 수호에게 자신의 지능이 들어갈 신체를 만들기 위해 돈을 벌겠다고 했었다.

그리고 불과 몇 달 사이, 주식 투자를 통해 많은 돈을 벌었다.

물론 아직 자신의 신체를 만들기 위해 벌어야 할 자금에는 미치지 못했지만 그래도 상당한 자금이 모였기에 수호를 보조하기 위해 여러 가지 물건을 갖췄다.

그중 하나가 바로 지금 수호가 타고 있는 슈퍼바이크인 하이퍼 X—2다.

시중 판매가가 무려 7,900만 원으로 웬만한 찻값보다 비쌌다.

그런데 슬레인은 하이퍼 X—2를 그냥 수호에게 사 준 것이 아니라, 자체적으로 성능을 업그레이드하고 일부 전자 장비를 삽입하여 세계에서 하나밖에 없는 엄청난 괴물을 만들어 냈다.

바이크에 반경 10킬로미터를 살필 수 있는 레이더를 넣은 것은 물론이고, 겉 표면에 방탄 소재까지 씌웠다.

이는 전적으로 수호의 안전을 위해 혹시나 총격을 받았을 때 수호의 몸을 보호하기 위한 것이다.

위이잉.

수호는 슬레인의 경고에 조금 더 속도를 냈다.

전방에 사고가 났다는데 몰랐으면 모르겠지만 자신이 도울 일이 있을까 하여 속도를 올린 것이다.

바이크의 속도를 올리자 5킬로는 금방이었다.

'뭐지?'

분명 사고라 했는데 분위기가 이상했다.

자신의 눈앞에 사고 장면은 보이지 않고, 도로 위에 두 대의 승합차가 서 있었다.

그런데 뒤에 있는 차, 그러니까 자신의 앞에 있는 승합차를 두고 여덟 명 정도의 사내들이 둘러싸고 있는 것이 아닌가.

끼익.

어찌 되었든 수호는 이상한 풍경에 바이크를 멈추고 현장으로 걸어갔다.

"뭐야."

"어떤 새끼야."

하이퍼 X—2에서 쏟아지는 강렬한 전방 라이트의 빛 때문에 한 대의 승합차를 둘러싸고 있던 사내들 중 일부가 소리쳤다.

느닷없이 강한 불빛이 비추니 소리를 질렀던 것이다.

더욱이 이들은 불법적인 일을 도모하고 있던 중이라 누군가가 나타나자 흥분을 하고 말았다.

5. 위기의 소녀들

늦은 시각, 한적한 지방 도로에 멈춰 서 있는 두 대의
차량.

그런데 도로가에 정차되어 있는 차량들의 모습이 위
화감을 조성하고 있었다.

비상등을 켜고 정차되어 있는 승합차와 그 뒤에 서
있는 그보다 조금 더 고급스러워 보이는 또 다른 승합
차, 그리고 그 차량을 둘러싸고 있는 일단의 사내들.

언뜻 봐도 정상적인 상황이 아님을 알 수 있었다.

"꺼져."

"야, 죽고 싶어?"

"얼른 꺼져라."

뒤쪽 차량을 둘러싸고 있던 사내들 중 일부가 바이크에서 내리는 수호를 향해 위협을 가했다.

하지만 이를 듣는 수호로서는 전혀 감응이 없었다.

아무리 덩치가 큰 깡패들이라지만 수호는 총탄이 빗발치는 전장에서도 살아온 역전의 용사다.

잔인한 것이라면 깡패보다 못하지 않은 테러리스트들과, 아프가니스탄의 군대와도 전투를 벌였다.

그뿐만이 아니다.

수호가 속한 부대로 인해 수많은 테러리스트와 테러 조직의 캠프, 그리고 아프가니스탄의 탈레반 정부군이 사살되고 파괴되면서 그들에게 사신이라 불릴 정도였다.

그런 수호이기에 겨우 깡패 몇 명의 위협은 귀여운 수준이었다.

저벅저벅.

깡패들의 위협에도 불구하고 그들에게 접근한 수호가 물었다.

"거기 무슨 일이야?"

자신을 위협하는 사내들이 딱 보이기에 깡패란 것을 알면서도 별다른 억양 변화 없이 물었다.

　　　　*　　　　　*　　　　　*

　한편, 플라워즈는 차 안에 갇혀 오도 가도 못하고 그
저 빨리 신고를 받고 자신들을 도와줄 경찰들이 와 주
길 기다렸다.

　그러다가 뒤쪽에서 또 다른 불빛이 다가오다 멈춘 것
에 혹시나 하는 심정으로 뒤를 돌아보았다.

　선팅이 된 창문 때문에 자세히 보이지는 않았지만 자
신들의 차를 둘러싼 깡패들의 위협에도 별다른 위화감
없이 다가오는 사람이 있었다.

　"언니, 저기 누가 오는 것 같아요."

　조금 전까지만 해도 깡패들의 위협에 떨고 있던 혜리
가 자신들이 탄 차로 조용히 다가오는 사람을 보며 소
리쳤다.

　"누구지?"

　"혼자인데 무섭지 않나?"

　"그러게. 깡패들이 많은데 어떻게 해."

　차량 뒷문에 바짝 붙어 밖을 내다보며 이야기하는 혜
리와 크리스탈, 그리고 조금 전까지 두려움에 벌벌 떨
며 제발 아무 일 없기를 기다리던 지수가 대화에 끼어
들었다.

　돌고래나 박쥐보다 뛰어난 청력을 지닌 수호는 짙은 선팅, 그리고 밤이란 환경 때문에 차량 내부가 보이지는 않지만 그 안에서 플라워즈 멤버들이 떠드는 소리를 들었다.

　'어린 여자애들이 타고 있네.'

　깡패들이 둘러싼 차 안에서 여자들의 목소리를 들은 수호는 더 이상 망설이지 않았다.

　"조용히 말할 테니 그냥 가라."

　깡패들과 저 차량이 관계가 없다는 것을 알았으니 자신이 개입하기로 한 것이다.

　만약 차량 안에 저들과 대치하는 깡패들이 타고 있었다면 그냥 어떤 상황인가 듣고 지나쳤을 것이다.

　하지만 일반인인, 그것도 여자애들이 있다는 것은 깡패들과 상관없는 일임을 짐작했다.

　그러니 정리하기 위해 끼어들었다.

　하지만 깡패가 달리 깡패이겠는가.

　수호의 경고에 그들은 코웃음을 쳤다.

　"이거, 미친 놈 아냐?"

　"그러게 말입니다. 지가 무슨 슈퍼히어로인 줄 알고 있나 봅니다."

깡패들은 수호의 경고에 한마디씩 하며 인상을 찡그렸다.

"뭐 하냐. 치워라."

무리 중 우두머리가 소리쳤다.

겁 없이 자신들에게 다가오는 수호를 치우라고 말이다.

말이 치우라는 것이지 자신들의 목격자인 수호를 죽이라는 의미였다.

스윽.

챙.

우두머리의 명령에 깡패 중 일부가 품에서 칼을 꺼냈다.

늦가을 저녁, 밝은 달빛이 깡패들이 꺼내 든 칼에 반사되어 빛났다.

"보지 말아야 할 것을 보았으니 우릴 원망하지 마라."

깡패 중 하나가 칼을 빼들고 수호에게 다가가면서 중얼거렸다.

"하, 이것 참!"

자신을 향해 칼을 꺼내 들며 다가오는 깡패들을 보자 수호는 어처구니가 없었다.

"야, 그거 위험한 물건이다. 그냥 내려놔라, 얼른."

칼을 들고 다가오는 깡패들의 모습에 수호는 인상을 쓰며 경고했다.

솔직히 깡패들이 들고 있는 칼 정도는 그냥 맞아 줘도 수호의 몸에 어떤 해도 끼치지 못한다.

외계인에 의해 유전자가 변한 수호의 몸은 겉으론 평범한 인간으로 보이지만 결코 평범하지 않았다.

그의 뼈와 근육, 그리고 피부는 강철보다 강하고 지구상 그 어떤 물질보다 질기며 또 그 어떤 것보다 부드러웠다.

그리고 시간이 지날수록 더욱 단단하며 질겨지고 있었다.

또 현재 수호가 입고 있는 슈트도 평범한 라이딩 슈트가 아니다.

수호의 안전을 위해 슬레인이 특별히 그가 타고 다니는 하이퍼 X—2처럼 특별 제작한 방검, 방탄 슈트다.

총기 소지가 불법인 한국이기에 방검의 기능만 해도 충분하지만, 슬레인의 생각은 그렇지 않았다.

불법임에도 한국에서 종종 총기 사고가 발생하고 있으며, 인천이나 부산, 속초, 동해항을 근거로 하는 폭력 조직에서 공공연하게 총기를 사용하고 있다는 뉴스가 나오고 있었다.

그 때문에 슬레인은 방검의 기능만으로 충분하다는

수호의 말에도 극구 방탄 기능까지 집어넣었다.

"마지막 경고다. 위험한 장난감은 버려라."

"하, 씨발. 같잖은 새끼가."

수호의 경고에도 깡패들은 그것을 경고라 생각지 않고 자신들을 놀린다고 판단했기에 급기야 욕을 하며 달려들었다.

"죽여!"

"와아아!"

＊　　　＊　　　＊

"와아!"

깡패들이 수호를 향해 달려가는 모습을 보던 혜리와 크리스탈이 걱정스러운 듯 떠들었다.

"어, 어떻게 해. 깡패들이 저 사람에게 달려가."

"그러게, 어떻게 하지. 왜 이렇게 경찰들이 오지 않는 거야!"

"칼도 들고 있는 것 같아. 저 사람 괜찮을까?"

혜리와 크리스탈에 이어 지수도 칼을 빼들고 달려가는 깡패들을 보며 수호를 걱정하였다.

자신들을 도와주기 위해 왔다가 해코지를 당하는 모습에 미안해졌던 것이다.

"어?"

그런데 수호를 걱정하던 크리스탈과 혜리, 지수는 무엇을 보았는지 의문 섞인 탄성을 질렀다.

"뭐야, 무슨 일인데 그래?"

무서워 다른 멤버들처럼 뒤를 보지 못하고 있던 지수가 물었다.

"그 사람 다쳤어?"

두려움에 의자 밑으로 고개를 숙이고 있던 혜윤도 그제야 궁금증에 고개를 들며 물었다.

"아니, 깡패들이 저 사람에게 맞아 쓰러졌어."

"맞아요. 깡패 세 명이 달려들었는데, 파파팍 하니 깡패 모두가 쓰러졌어요."

혜리와 크리스탈은 뭐가 그리 신났는지 흥분해 소리쳤다.

"야, 너희들. 얼른 제자리로 가지 못해!"

막내들이 무서움도 없이 창문에 붙어 깡패들이 싸우는 모습을 보고 떠드는 것에 박인성 실장이 소리쳤다.

"실장님, 저기 봐요."

박인성 실장의 경고에도 불구하고 크리스탈이 소리쳤다.

"깡패들이 저 사람에게 상대도 되지 않아요."

"맞아요. 또 두 명. 아니, 네 명이 쓰러졌어요. 이제

하나만 남았어요."

박인성 실장이 창문에서 떨어지라고 계속 말하는데도 크리스탈은 밖의 사정을 중계하였다.

"와, 끝났다."

"완전 미스터 아이언 같아."

"아니야, 슈퍼맨이야."

뒷문에 붙어 중계를 하던 크리스탈과 혜리는 깡패들을 모두 쓰러뜨린 수호를 보며 영화 속 슈퍼 히어로의 이름을 가져다 붙였다.

그런 두 사람의 모습에 박인성 실장은 고개를 흔들었다.

플라워즈의 분위기 메이커이자 트러블 메이커이기도 한 혜리와 크리스탈이기에 그 성격이 어디 가지 않는다는 생각을 하면서.

깡패를 모두 쓰러뜨린 사람이 좋은 사람이 아닌 또 다른 위협이 될 수도 있었다.

그렇기에 아무리 밖의 상황이 조금 전과 바뀌었다고 해도 안심할 수는 없었다.

그럼에도 혜리와 크리스탈이 상황을 너무 낙관하고 있는 모습이 안쓰럽기도 하고, 또 한편으로는 아직 때가 묻지 않은 것 같아 안심이 되기도 했다.

"이야."

"죽어."

괴성을 지르고 죽으라며 소리치고 달려드는 깡패들을 보며 수호는 눈을 반짝였다.

깡패들이야 자신들의 행동이 민첩하다 생각하겠지만 지금 수호의 눈에는 마치 개미가 기어오는 것처럼 느렸다.

스윽.

복부를 향해 찔러 오는 칼을 보며 수호는 안으로 한 걸음 파고들어 깡패 1의 옆구리에 주먹을 꽂았다.

복싱에서 리버 블로우 혹은 간장치기라는 기술이었다.

"윽!"

오른쪽 옆구리에 주먹을 맞은 깡패 1은 별다른 저항도 못 하고 단말마의 비명을 지르며 쓰러졌다.

"어."

자신의 동료가 갑자기 비명을 지르며 주저앉는 모습을 본 깡패 2는 의문 섞인 소리를 냈다.

퍽. 털썩.

그러곤 수호에게 묵직한 주먹을 선물 받고 먼저 쓰러

진 동료처럼 바닥에 나동그라졌다.

"뭐 하는 거야, 조져!"

먼저 자신의 명령에 방해꾼을 처리하려던 부하 셋이 땅바닥에 쓰러지는 것을 본 우두머리가 소리쳤다.

너무도 허무하게 쓰러진 부하들을 보니 황당하기도 하고, 화가 나기도 한 우두머리는 남은 부하들에게 소리쳤다.

하지만 그가 화를 내고 소리친다 해서 해결될 일이 아니었다.

아니, 상대의 역량도 파악하지 못하고 달려든 것이 패착이었다.

무기를 들었다고 상황이 유리한 것도 아니고, 또 숫자가 많다고 해서 나은 것도 아니었다.

싸움에서 이기는 방법은, 아니, 최소한 지지 않는 방법은 딱 하나다.

상대의 역량을 파악하는 것 말이다.

우리 선조들은 이런 것을 지피지기면 백전불퇴라 했다.

자신과 상대의 역량을 알면 백번 싸워도 지지 않는다는 소리다.

내가 유리하면 싸워서 이길 것이고, 상대가 강하다고 판단되면 물러나니 전투에 패하지 않을 것 아닌가.

그런데 깡패 우두머리에게는 그런 역량을 파악할 능력이 없었다.

그 때문에 부하 일곱이 나섰다가 모두 바닥에 쓰러진 것이고, 혼자 덩그러니 남을 수밖에.

"안 오냐."

여덟 명의 깡패 중 우두머리 하나 남기고 모두 쓰러뜨린 수호는 혼자인 우두머리를 보며 물었다.

"이……."

너무 분해 소리치고 있어도 우두머리는 이제야 알 수 있었다.

눈앞에 있는 사람이 결코 평범하지 않다는 것을 말이다.

이미 상대가 자신이 넘볼 수 없는 싸움의 고수란 것을 깨달았던 것이다.

그러다 보니 덤빌 수도, 그렇다고 물러설 수도 없는 지경이라 어떻게 할 수가 없어 주저하고 있었다.

"뭐, 오지 않겠다면 내가 가지."

그렇게 수호는 별거 아니란 듯 중얼거리며 깡패 우두머리에게 다가갔다.

저벅저벅.

주춤주춤.

그런데 수호가 한 걸음 다가가면 깡패 우두머리는 우

습게도 한 걸음 물러났다.

"뭐 하냐? 여기서 시간 다 보낼 거야?"

수호는 어처구니없는 깡패의 모습에 기가 막혔다.

시간은 점점 흐르고 별 같잖은 놈들 때문에 길에서 시간을 허비하는 것이 짜증 났다.

휙.

퍽.

순간적으로 가속이 붙은 수호는 마치 순간 이동을 한 것처럼 깡패 우두머리에게 다가가 단 번에 쓰러뜨려 버렸다.

그렇게 깡패 모두를 넘어뜨린 수호는 그들의 바지를 반쯤 벗겨 무릎에 걸쳐 두었다.

그러고는 그들이 신고 있는 신발에서 운동화 끈을 푼 뒤 그것으로 손을 묶었다.

이 방법은 포승줄이나 손발을 묶을 만한 줄이 없을 때 사용하는 방법이었다.

여덟 명의 깡패들을 모두 묶은 수호는 그제야 천천히 승합차로 다가갔다.

똑똑똑.

"실례합니다."

노크를 하고 밖의 상황이 안전하다는 것을 알렸다.

"깡패들은 모두 제압되었습니다. 이야기 좀 하시죠."

여자들이 탑승하고 있는 걸 알지만, 그와 더불어 성인 남성 역시 함께 있는 걸 알고 있었다.

혹시나 깡패들의 일부가 아닌가 하는 의심을 하면서 상황을 알기 위해 말을 걸었던 것이다.

드르륵.

승합차의 문이 열리며 작은 인영이 뛰어나왔다.

"야, 나가지 마!"

"크리스탈!"

문이 열리자 수호는 문에서 조금 떨어졌다.

그러면서 안에서 들려오는 소리를 들었다.

수호는 두 눈을 멀뚱거리며 깜빡였다.

깡패들을 제압하고 나니 승합차의 문이 열리면서 귀엽게 생긴 여자아이가 나온 것이다.

언뜻 봐선 이제 겨우 중학생이나 고등학생 같은, 작고 귀엽게 생긴 아이였다.

"안녕하세요."

귀엽게 생긴 아이는 자신을 보자마자 깜찍하게 인사를 하였다.

'뭐지?'

수호는 여자아이에게 인사를 받고는 그저 눈만 깜빡였다.

'얘는 겁도 없나.'

조금 전 상황을 보면 분명 겁먹었을 텐데, 지금 눈앞에 서 있는 아이는 전혀 그런 기색이 없었다.

"구해 주셔서 감사합니다."

또 다른 아이가 나와 수호를 보며 감사의 인사를 했다.

"어휴, 이것들이 말을 안 들어."

실장인 자신의 말도 듣지 않고 문을 열고 나간 크리스탈과 혜리 때문에 박인성은 어쩔 도리 없이 밖으로 나왔다.

"구해 주셔서 감사합니다. 전 한빛 엔터의 실장 박인성이라 합니다. 그리고……."

박인성은 혹시나 깡패들처럼 자신이 담당하는 플라워즈를 보고 해코지할지 모른다는 생각 때문에 얼른 자신의 소속과 앞에 있는 여자아이들의 신분을 밝혔다.

"아, 플라워즈…… 혜윤아, 오랜만이다."

플라워즈라는 이름을 들은 수호는 차 안쪽에서 자신을 빼꼼히 보고 있는 혜윤에게 작게 말했다.

"어? 수호 삼촌?"

자신의 이름을 부르는 수호의 목소리를 들은 혜윤은 그제야 어둠 속에서 수호를 기억해 내고 차 밖으로 뛰어나왔다.

*　　　*　　　*

홀로 불이 켜진 편의점 앞 테이블에 수호와 플라워즈 멤버들이 둘러앉아 이야기를 나누고 있다.

시간은 새벽 2시 10분, 조금 전 인근 경찰서에서 참고인 조서를 마치고 나왔다.

현재 수호와 플라워즈 멤버들만 보이고, 박인성 실장과 로드 매니저 김찬성이 보이지 않는 이유는 숙소를 찾기 위해 자리를 비웠기 때문이다.

지방 행사 네 곳을 돌고 마지막 공연 장소인 속초에서 쉴 계획이었지만, 깡패들의 협박 때문에 무대를 마치고 도망치듯 서울로 향했다.

플라워즈 멤버들이 피곤한 것은 알지만 안전이 우선이었기에 취한 행동이었다.

하지만 이런 박인성 실장의 결단은 얼마 가지 못하고 깡패들에 의해 수포로 돌아갔다.

어떻게 하면 깡패들의 손에서 벗어날까.

문제는 깡패들에게 둘러싸였을 때 경찰에 바로 신고했지만 경찰이 너무 늦게 도착했다는 점이었다.

다행히 인근을 지나던 수호에게 도움을 받게 되었다.

혼자서 여덟 명의 깡패들을 제압하고 경찰이 올 때까지 함께해 주었다.

수호가 깡패들을 제압한 뒤로도 경찰은 30분이나 늦어서야 도착했다.

무엇 때문에 그렇게 출동이 늦었는지 알 수는 없지만, 아무튼 신고를 한 지 한 시간여가 다 되어서야 도착한 경찰들은 현장에 도착해 묶여 있는 깡패들을 경찰차에 나눠 실고 데려갔다.

물론 현장에 있던 피해자인 플라워즈와 박인성 실장, 깡패들을 제압한 수호도 참고인 조서 차 동행을 했다.

그런데 이상한 것은 깡패들을 조사하던 경찰들의 태도였다.

깡패 중 우두머리가 조서를 하던 경찰과 뭔가 이야기를 하고 또 누군가와 전화 통화를 한 뒤 벌어진 일이다.

그렇게 깡패 우두머리가 통화를 한 뒤로 경찰들은 깡패들의 조서를 대충 하고는 참고인 조서를 한다는 명목으로 플라워즈와 수호에 대해 무척이나 깐깐하게 질문을 해 댔다.

마치 수호나 플라워즈가 범인 취조를 당하는 것처럼 말이다.

분위기가 심상치 않은 것을 느낀 수호는 즉시 조서를 꾸미는 경찰에게 항의한 후 바로 전화를 하였다.

수호가 전화를 건 곳은 대한민국 넘버원 스페셜 포스 챌린지의 담당 PD인 김연성이었다.

예능국 PD라 하지만 일단 방송국에 소속된 사람이니, 알고 있는 기자가 있을 것이라고 판단했기 때문이다.

신인 아이돌 그룹이기는 하지만 플라워즈도 꽤 인지도가 있었다.

그럼에도 피해자인 그들이 참고인 조서라고 하면서 범인 취조를 하는 것처럼 질문을 받았다고 하면, 분명 그녀들의 팬은 물론이고, 일반 국민들도 이를 가만두지 않을 터였다.

더욱이 요즘 경찰과 검찰의 수사권을 놓고 대립하고 있는 중에 이런 경찰의 무리수는 이슈화될 것이 분명했다.

하지만 일은 그렇게까지 크게 번지지 않았다.

그 이유는 수호가 김연성 PD에게 전화하는 걸 지켜보던 경찰이, 자신이 발을 잘못 들였다는 것을 깨닫고 얼른 조서를 마무리한 후 수호와 플라워즈 멤버들을 내보냈기 때문이다.

아무튼 그렇게 뭔가 석연찮은 조짐이 있기는 했지만 참고인 조서를 마치고 경찰서를 나온 시간이 새벽 2시였다.

한 시간 넘게 경찰서에 잡혀 있다 보니 시간이 너무 늦어졌다.

원래라면 이 시간에 플라워즈는 숙소에 도착해 잠자

리에 들었을 것이다.

깡패들 때문에, 그리고 이상 행동을 하던 경찰들 때문에 플라워즈는 몇 시간을 그대로 날려 버렸다.

오후에 스케줄이 있다고 하지만 지금 자 두지 않으면 오후 스케줄에 지장을 받을 수 있었다.

그 때문에 어쩔 수 없이 근처에서 일단 일박을 하고 오전 9시 전에 서울로 가야만 했다.

그래서 박인성 실장과 김찬성 매니저가 숙소를 알아보는 동안 수호에게 플라워즈 멤버들을 부탁했던 것이다.

물론 플라워즈 멤버들을 모두 데리고 함께 움직여도 상관은 없지만, 그 멤버들이 피곤하다며 움직이기 싫다고 떼를 써서 어쩔 수 없이 그랬던 것이다.

하지만 사실 플라워즈가 떼를 쓴 이유는 따로 있었다.

언뜻 봐선 자신들과 비슷하거나 많아야 2~3세 많아 보이는 수호를 보고 리더인 혜윤이 삼촌이라 불렀기 때문이다.

친척이라면 나이 차이가 별로 나지 않는 삼촌도 있을 수 있었지만, 혜윤의 반응을 보면 친척은 아니었다.

마치 짝사랑하는 오빠를 보았을 때의 행동을 하는 혜윤의 모습에 궁금증이 일어 그랬던 것이다.

"아니, 그게 정말이에요!"

혜진은 너무 놀라 두 눈을 크게 뜨며 탄성을 질렀다.

몇 달 전 리더인 혜윤이 SBC의 간판 예능 프로인 야생의 법칙에 출연했었다.

야생의 법칙에 다녀온 혜윤은 방송 촬영을 다녀온 뒤 행동이 조금 바뀌었다.

종종 뭔가를 생각하는 시간이 늘어났고, 또 무슨 좋은 일이 있는지 망상에 빠져 있을 때면 입가에 행복한 미소를 짓고 있었다.

그 때문에 플라워즈 멤버들은 도대체 무슨 일이 있었냐고 물어봐도 혜윤은 자세한 이야기를 해 주지 않았다.

그런데 방금 전 수호와 이야기하던 중 야생의 법칙에 대한 이야기나 나오자 혜진을 비롯한 플라워즈 멤버들이 혜윤을 돌아보았다.

"언니, 그런데 이렇게 잘생긴 미남 오빠한테 왜 삼촌이라 불러요?"

재미교포인 크리스탈은 혜윤과 수호를 번갈아 보다가 고개를 갸웃거리며 물었다.

딱 봐도 자신보다 5살이 많은 친오빠보다 젊어 보이는 수호에게 리더인 혜윤이 삼촌이라 부르는 것에 의문이 들었던 것이다.

비단 크리스탈만의 의문은 아니었다.

"하하, 그건 내가 그렇게 부르라고 한 거야."

"네?"

"왜요?"

수호의 대답을 들은 크리스탈이나 혜진은 그의 대답에 의아한 표정으로 물었다.

그도 그럴 것이, 한국 남자들은 여자들에게 오빠라 불리는 것을 좋아한다.

그런데 앞에 앉아 있는 수호는 겉보기에 자신들과 몇 살 차이 나지 않아 보여 당연히 오빠라 불렀을 텐데, 정작 본인이 삼촌이라 부르라 했다는 것이 이해되지 않았던 것이다.

"왜요. 오빠란 단어를 싫어하나요?"

혜진이 의아한 표정으로 물었다.

수호가 오빠라는 단어를 싫어하는 것이 아닐까 하는 생각에서였다.

"아니, 그런 것은 아닌데, 나랑 열 살이나 차이 나는 아가씨에게 오빠라 하라는 것은……."

그랬다.

수호가 삼촌이라 부르라 한 것에는 다른 이유가 있는 것이 아닌 2~5살도 아니고, 무려 열 살이나 차이가 났기 때문이다.

아니, 막말로 아홉 살까지는 차이가 나도 두 자리 숫자가 아니니 그렇다고 봐줘도 두 자릿수 나이 차이를 오빠라 부르라 하는 것은 뭔가 이상했다.

방송에서야 10년이고 20년이고 나이를 떠나 형, 동생 그렇게 부른다고 하지만, 수호는 일반인이었다.

그것도 일반 사회와 단절된 군인으로 10년을 복무하였기에 사촌들이 아닌 다른 일반인들과 그런 호칭을 주고받는 것에 익숙지 않았다.

그래서 야생의 법칙을 찍으면서 혜윤처럼 10년 이상 나이 차가 있는 이들에게는 삼촌이라 하였고, 그렇지 않은 사람들과는 편하게 형, 동생하며 촬영을 했다.

이런 내막을 모두 들은 플라워즈 멤버들은 그래도 잘 이해가 가지 않았다.

"얘들아, 숙소 잡았다. 어서 가자!"

수호와 플라워즈 멤버들이 이야기를 나누고 있을 때, 언제 왔는지 박인성 실장이 다가와 말했다.

"함께 가시지요."

박인성 실장은 위기에서 도움을 준 수호에게도 함께 가자고 말하였다.

"아, 아닙니다."

수호는 박인성 실장의 말에 얼른 거절하였다.

하지만 박인성 실장은 수호를 그냥 돌려보내지 않았다.

도움을 받은 것도 그렇지만 수호의 외모에서 뭔가 아우라를 보았기 때문이다.

　외모만 보면 아이돌이나 초절정 미남 배우라고 할 정도였다.

　노래를 못하면 아이돌은 아니더라도, 모델도 있고 또 배우라는 직업도 있으니, 자신의 회사로 끌어들인다면 충분히 가치가 있을 것이라고 생각했다.

　이런 것도 인연이라고 박인성은 수호를 적극 영입하기로 하고 함께 가자고 권하였다.

　"내일, 아니, 자정이 지났으니 오늘이군요."

　박인성은 너스레를 떨며 이야기를 이어 갔다.

　"일이 있으시다 했는데, 조금이라도 눈을 붙이셔야죠."

　"맞아요. 삼촌, 같이 가요."

　박인성의 말이 끝나기 무섭게 크리스탈이 넉살 좋게 수호에게 삼촌이라 부르며 함께 가자고 그의 팔을 붙잡았다.

　'어.'

　바로 몇 시간 전에 본 사이임에도 크리스탈은 전혀 거리낌 없이 수호의 팔을 붙잡았다.

　그런 크리스탈의 행동에 박인성 실장은 물론 로드 매니저인 김찬성, 그리고 크리스탈을 아는 플라워즈 멤버들도 깜짝 놀랐다.

말괄량이 같은 크리스탈이지만 겉보기와 다르게 사실 무척이나 사람을 가렸다.

그 때문에 싸가지 없다는 말도 듣고, 또 플라워즈 멤버 중 안티도 많았다.

그런 크리스탈이 처음 본 수호에게 거리낌 없이 달라붙어 팔을 붙잡았던 것이다.

이는 플라워즈 다른 멤버들과 이들을 담당하는 매니저들에게 충격적인 일이라 할 수 있었다.

"함께 가요."

이제는 숫제 애교까지 부렸다.

크리스탈의 애교는 플라워즈 멤버들 외에는 보기 힘든 것이었다.

앞서도 말했다시피 낯을 가리는 크리스탈이 멤버들 외에 누구에게 애교를 부리겠는가.

그 말은 그만큼 친숙하거나 그에 준하는 사람이란 소리였다.

이런 크리스탈의 성격을 알기에 이제는 숫제 플라워즈 다른 멤버들도 수호에게 친근하게 달라붙었다.

"삼촌, 함께 가요."

그러자 혜진도 크리스탈이 잡은 반대쪽 팔을 붙잡으며 이야기하였다.

그런 아이들의 모습에 수호는 어쩔 줄 몰라 하며 당황을 금치 못했다.

당황한 수호를 박인성 실장이 구해 주었다.

"아이들도 원하니까 함께 가죠."

"하, 네. 알겠습니다."

수호는 더 이상 버티지 못하고 이들과 함께하기로 하였다.

참으로 이상한 인연이 아닐 수 없었다.

한 번은 플라워즈의 리더인 혜윤이 자신을 구해 주고, 또 이번에는 자신이 플라워즈를 위기에서 구해 주었으니 말이다.

＊　　　＊　　　＊

덜컹.

샤워를 마치고 나온 수호는 침실 한쪽에 놓인 의자에 앉았다.

경기도 외곽이기는 했지만 다행히 깨끗한 모텔이 있었다.

늦은 시간에도 빈방이 있어 박인성 실장이 방을 구했다.

플라워즈 멤버들과 매니저, 그리고 은인인 수호의 방

까지 말이다.

플라워즈의 인원이 좀 많기는 하지만 여자아이들이기에 안전을 위해 한 방에 들여보냈다.

그리고 실장인 그와 로드 매니저인 김찬성이 한 방을 쓰고, 수호에게도 방 하나를 내주었다.

그래서 현재 수호는 다른 사람들은 여러 명이 한 개의 방을 쓰는 것에 반해 혼자서 사용하게 되었다.

"슬레인."

의자에 앉은 수호가 작은 소리로 슬레인을 불렀다.

[네, 부르셨습니까, 주인님.]

현재 슬레인은 수호와 떨어져 서울에 있는 집에 있었다.

수호의 허락을 받고 주식 투자를 하여 돈을 번 슬레인은 다시 한번 그의 허락을 얻어 집을 마련하였다.

명의는 다른 사람의 이름으로 장만했다.

이는 슬레인이 신체를 가지게 되었을 때 사용할 이름이었다.

수호와 떨어져 있으니 통화할 수 있게 스마트워치에 자신과 연결된 칩을 이식해 놓았기에 언제, 어느 곳에서나 통신이 가능했다.

"아까 깡패들의 행동이나 경찰서에서 조사하던 경찰들 태도로 봤을 때, 수상한 것이 한두 가지가 아니다."

수호가 알기로 한국의 조폭들은 결코 그렇게 무데뽀로 움직이지 않는다.

경찰과 검찰이 그들의 움직임을 예의 주시하고 있기에 자칫 잘못 움직였다가는 목적한 일을 해 보지도 못한 채 조직이 와해될 수 있었기 때문이다.

그렇다고 조폭들이 마냥 고분고분한 것도 아니다.

때때로 공권력을 무시하고 움직일 때가 있었다.

그러한 때는 거의 없지만 공권력보다 그들의 배경이 더 강하다 싶을 때 그런 행동을 하였다.

그리고 실제로 그런 일을 할 때면 언제나 뒤에 공권력을 무마해 줄 권력자가 있었다.

"뒤에서 그놈들을 봐주는 권력자가 있는 것 같으니 좀 알아봐."

수호가 그렇게 생각하는 데에는 이유가 있었다.

느닷없이 걸려 온 전화를 받은 뒤 경찰들의 태도가 변했기 때문이다.

플라워즈의 납치 시도를 했다는 것에 화를 내던 경찰들이 전화를 받고는 깡패들을 더 이상 윽박지르지도, 조서를 꾸미지도 않았다.

깡패들 또한 더는 관심이 없다는 듯, 그리고 플라워즈와 자신을 보며 비릿한 썩소를 날리던 것에서 수호는 이번 일의 불길함을 느꼈다.

[알겠습니다.]

수호의 명령을 받은 슬레인은 일절 의문을 품지 않고 알겠다는 대답과 함께 깡패들의 뒤를 곧바로 캐기 시작했다.

늦은 시각이긴 하지만 인공 지능 생명체인 슬레인에게는 인간처럼 휴식 시간이나 잠을 잘 시간이 필요 없었다.

그리고 몇 분 뒷면 수호가 명령한 것에 대한 자료를 바로 알려올 것이다.

띠릭!

[알아냈습니다.]

명령을 한 지 겨우 10분도 되지 않아 보고가 들어왔다.

[이번 플라워즈 납치 미수 사건의 배후에는 한겨레 한마음당 소속 속초 시장과 같은 당 소속 시의원인 김OO, 박OO, 민주 승리당 소속 이OO, 러시아 상인 연합의 드미트리 스몰렌코가 연관되어 있었습니다.]

'허참……'

슬레인의 보고를 들은 수호는 어처구니가 없었다.

국가와 국민을 위해 뽑아 준 시장과 시의원들이 깡패들을 시켜 국민을 납치하려 하였다.

더욱이 면면을 들여다보면 뭔가 더러운 거래가 있는 것 같았다.

"무엇 때문에 아이들을 납치하려던 것이야?"

플라워즈를 납치하려고 한 이유에 대해 물었다.

[원래 계획은 납치가 아니었던 것 같습니다.]

"납치를 하려고 한 것이 아니다?"

[예, 연예계에 공공연한 비밀인 스폰서인 것이었는데, 한빛의 실장이 거절하자 깡패들의 두목인 홍진표가 자의적으로 행동을 한 것으로 보입니다.]

슬레인의 보고를 들은 수호는 그제야 정황의 흐름을 깨달았다.

속초에서 시장을 필두로 여야 소속의 시의원들, 그리고 러시아 동부에서 활동하는 상인 연합 소속 상인과 뭔가 프로젝트를 진행하고 있는데, 그중 누군가가 연예인을 동원해 사업을 진행하려 했던 것이다.

그런데 합법적으로 플라워즈가 소속된 한빛 엔터에 정식으로 의뢰가 들어간 것이 아닌 깡패들이 동원된 것을 보면 정상적인 거래가 아닐 것이 분명했다.

그럼에도 시장과 여야 시의원들이 관여하는 것을 보면 결코 작은 일이 아니었다.

'뭔가 냄새가 나는데. 그것도 아주 더럽고 구린 냄새가 말이야.'

항상 편을 갈라 으르렁대며 싸우는 여야 정치인이 비록 국회의원이 아닌 기초 단체인 시의원이라고 하지만 함께한다는 것은 너무도 이상한 일이었다.

물과 기름은 절대 일반적인 조건에선 섞이지 않는다.

그렇다면 이 섞이지 않는 부류가 어떤 때 섞일까.

그건 간단하다. 특정 조건을 만들어 주면 되는 것이다.

여당과 야당 의원들이 함께할 수 있는 특정 조건은 무엇일까.

국내 기업인도 아닌 외국 러시아의 기업인을 끼고서 말이다.

외계인으로 인해 육체뿐만 아니라 지능까지 좋아진 수호는 빠르게 생각해 보았다.

그렇게 궁리를 하다 나온 결론은 하나였다.

불법을 해서라도 꼭 이루려는 것, 그것은 바로 돈이었다.

그것도 일반인들이 상상하기 힘든 엄청나게 큰 규모의, 아무도 모르는 비자금 말이다.

"그것들의 자금 거래 내역을 조사해 봐. 그리고 어디서 들어오고 어디로 나가는 것인지도 말이야."

[알겠습니다.]

수호는 슬레인에게 명령을 내리고 두 눈을 반짝였다.

원래 수호의 성격이라면 이런 일에 절대로 나서지 않는다.

하지만 자신과 연관이 있게 된 문제라면 끝까지 추적하여 해결하는 편이었다.

　그리고 경찰서에서 자신을 보며 비웃던 깡패 우두머리의 모습에, 이번 문제는 결코 이대로 끝날 것 같지 않았다.

　'재미있겠는데.'

6. 살인 청부

속초 대포항 인근의 한 호텔 지하.

퍽퍽.

무언가를 두들기는 소리가 지하 주차장에 울려 퍼졌다.

"으윽!"

지하 주차장을 울리는 소음과 간간이 섞여 나오는 신음 소리는 듣는 이로 하여금 고개를 돌리게 하기에 충분했다.

"이 새끼야, 겨우 여자애들 몇 데려오는 일 하나 제대로 못 하고……."

한 손에 골프채를 들고 있던 40대 남성이 자신의 앞에 쓰러진 사내들을 보며 소리쳤다.

골프채로 사내들을 구타한 사람의 정체는 바로 속초시 일대를 장악하고 있는 폭력 조직 창호파 보스인 신창호였다.

그에게 맞고 있는 사내들은 창호파 행동 대장인 남창욱과 그 부하들.

남창욱과 그의 부하들은, 보스인 신창호에게 속초항 페스티벌에 행사를 온 플라워즈 멤버들을 모처로 데려오라는 명령을 받았다.

속초시의 시장과 시의원들이 모이는 자리에 도우미로 그녀들을 불렀던 것이다.

하지만 플라워즈의 실장인 박인성이 이를 거부하자 두목의 명령을 받은 남창욱은 납치를 해서라도 그녀들을 그 자리에 데려가려 시도했던 것이다.

솔직히 신창호로선 플라워즈가 자신의 생각처럼 파티 자리에 오면 좋고, 아니라면 다른 여자 연예인들을 불러도 그만이었다.

그런데 평소 충성심은 투철하나 머리가 나쁜 남창욱으로 인해 일이 커져 버렸다.

그들이 거절하면 그냥 다른 대안을 찾아오면 되는 걸 남창욱이 납치를 시도했기 때문이다.

납치 시도가 성공했다면 상관은 없었다.

납치가 되어 쌀이 익어 밥이 된 뒤로는 플라워즈도 일을 숨기기 위해 아무 소리도 하지 못했을 것이다.

하지만 결과는 일만 키우고 남창욱과 그의 부하들 일곱 명이 모조리 경찰서에 붙잡혀 들어갔다.

한데 더 기가 막힌 것은 건달 여덟 명이 한 사람에게 얻어터져 붙잡혔다는 것이다.

건달은 폼생폼사해야 하는데, 남창욱은 맡긴 일도 제대로 하지 못하고, 또 건달로서 체면도 구기고 경찰서에 끌려갔다.

한마디로 건달로서 인생은 좆 났다고 보는 것이 나았다.

하지만 그런 남창욱을 신창호는 버릴 수가 없었다.

속초는 시이기는 하지만 지방 도시이고, 그것도 인구 밀도가 높지 않은 강원도에 위치해 있었다.

그러다 보니 조직원의 숫자도 다른 지역의 조직들에 비해 적을 수밖에 없었다.

또 숫자도 숫자이지만 믿을 만한 부하를 얻는 것도 쉽지 않았다.

그렇기에 큰 실수를 하고 또 면이 팔리기도 하였지만 남창욱을 버릴 수 없는 것이다.

"후, 이 새끼야. 내가 너희를 빼내기 위해 시장한테

얼마를 가져다 바친 줄 알아."

퍽퍽!

"으윽, 형님. 잘못했습니다."

말을 하다 보니 신창호는 그만 화가 치밀어 올라 들고 있던 골프채로 아직 바닥에 쓰러져 있는 남창욱에게 휘둘렀다.

심한 구타에 온몸에 힘이 들어가지 않는 상태로 밀려드는 고통에 비명을 지르던 남창욱이 잘못했다고 빌었다.

하지만 그건 남창욱의 실수였다.

그냥 조용히 신창호가 두들기는 대로 가만있었어야 했다.

남창욱이 잘못했다고 빌자 그 목소리를 들은 신창호가 더욱 날뛰며 들고 있던 골프채를 휘둘렀기 때문이다.

"형님, 그러다 창욱이 죽습니다."

길길이 날뛰며 골프채를 휘두르는 신창호를 더 이상 볼 수 없었던 조직의 2인자인 남상호가 말렸다.

그제야 정신을 차린 신창호가 신나게 남창욱을 두들기던 골프채를 한쪽으로 던져 버렸다.

이미 골프채로서는 수명을 다한 것이기에 미련 없이 던졌던 것이다.

"이 새끼들, 병원에 보내."

자신이 두들겨 팼지만 치료해서 써야 하기에 부하들에게 그렇게 명령하였다.

"알겠습니다."

명령을 받은 남상호는 뒤에서 긴장하고 있던 부하들에게 손짓을 하였다.

타타타타.

남상호의 신호를 받은 깡패들은 쓰러져 있는 남창욱과 부하들을 신속하게 들쳐 메고 자리를 떠났다.

남창욱과 부하들이 사라지자 신창호가 손에 묻은 핏물을 닦으며 물었다.

"상호야, 그런데 창욱이하고 애들을 제압했다는 놈에 대해 알아봤냐?"

신창호는 손에 묻은 피를 대충 닦고 담배 한 대를 피웠다.

"예, 알아보니 평범한 놈이 아니었습니다."

남상호는 두목인 신창호의 물음에 자신이 알아온 수호에 대한 정보를 소상히 이야기하였다.

남창욱과 그 부하들이 붙잡혀 있던 경찰서에서 그들을 데려오며 참고인 조서 자료에 남아 있던 수호에 대한 신상 정보를 보았다.

그래서 필요한 정보를 고스란히 두목 신창호에게 알

릴 수 있었다.

"하, 참나!"

이야기를 들은 신창호는 기가 막혔다.

"그 특전사란 것이 그렇게 대단한 거냐?"

지방 도시라고 폭력 조직이 하나만 자리하고 있는 것은 아니다.

이곳 속초시에도 몇 개의 조직이 암약하고 있었다.

그렇지만 어떤 조직도 그의 앞에서는 한 수 접어주었다.

속초시 조직들이 신창호에게 그러는 이유는 다른 조직들이 일고여덟 명, 혹은 많아야 열 명이 조금 넘는 수준인데 반해, 신창호의 조직은 서른 명이나 되었기 때문이다.

신창호의 직속으로 열다섯 명이 있고, 부두목인 남상호 밑으로 여섯 명, 그리고 행동 대장인 남창욱이 일곱 명의 부하를 거느리고 있었다.

그 때문에 신창호는 아무리 개인적으로 뛰어나도 숫자로 밀어붙이면 당할 수 없다고 믿었다.

그리고 지금까지 그의 믿음은 절대로 틀리지 않았다.

그런데 그런 믿음이 오늘 깨졌다.

남창욱의 실력이 비록 전국구는 아니지만 그가 보기에는 쓸 만했다.

거기에 창욱의 밑에 있는 부하 중 칼잡이의 자질이 있는 놈도 있었기에 결과는 괜찮았었다.

"저도 특전사가 그 정도로 대단하다는 것은 처음 알았습니다."

사실 남상호도 명칭만 들어 보았지, 특전사가 어느 정도의 무력을 가지고 있는지 자세히 알진 못했다.

신창호는 물론이고, 남상호도 군대하고는 인연이 없었기 때문이다.

어려서부터 사고를 치고 다녔기에 소년원은 물론이고, 소년 교도소에도 들락날락하였다.

그건 성인이 되어서도 마찬가지였다.

그러다 남상호를 만나 조직을 만들고 지금에 이르렀다.

그렇기에 말로만 들은 특전사니, 해병대니 뜬구름 잡는 격으로만 알고 있을 뿐이었다.

"그나저나 이렇게 쪽을 팔렸는데 그냥 놔두면 다른 조직에서 가만있지 않겠지?"

신창호는 다 타들어 간 담배꽁초를 바닥에 던지고 그것을 발로 비벼 끄며 물었다.

"그렇지 않겠습니까? 우리도 그렇게 이 바닥에서 올라섰는데……."

남상호는 두목인 신창호의 질문에 대답하였다.

신창호의 창호파도 속초시의 패권을 장악할 즈음, 기존 조직이 실수했을 때 기회를 잡아 지금의 자리에 올랐다.

현재 창호파의 전력은 행동 대장인 남창욱과 부하들까지 해서 거의 1/3 가까이 빠졌다.

아직 스무 명 넘게 남아 있다고는 하지만 기존 조직들이 두 개 정도가 연합한다면 노려볼 수도 있었다.

그러니 창호파에서는 자신들이 비록 전력 누수가 있다고 하지만 죽지 않았음을 다른 조직들에게 보여야 했다.

그러기 위해선 원인이 된 수호를 어떻게든 보복해야 했다.

"쉽지 않아."

신창호는 보복을 해야 하지만 그것이 쉽지 않다고 말했다.

조금 전 자신이 상대해야 할 수호의 정보를 들었기 때문이다.

자세한 것은 알지 못하지만 그가 특전사라는 군인 출신이고, 또 무슨 경호업체와 비슷한 곳에서 교관을 하고 있다는 소리를 들었다.

그러니 자칫 보복했다가 그 경호업체와 싸우게 될 수도 있었다.

경호업체이니 자신들과 대놓고 싸움을 벌이지는 않겠지만, 그래도 규모면에서 자신들은 상대가 되지 않을 것이 분명했다.

그렇다고 자신들의 뒤를 봐주는 속초 시장이나 시의원들에게 부탁한다고 해서 일이 해결될 것이란 생각도 들지 않았다.

그 경호업체가 속초시에 위치해 있는 것도 아니고, 또 그들이 자신이 부탁한다고 해서 들어줄지도 의문이었다.

겉으로야 하하, 호호 하고 있지만 정치인들은 믿을 만한 존재들이 아님을 신창호는 너무나 잘 알고 있었다.

자신 이전에 속초 시장의 손발이 되었던 자도 자리에서 물러나자 그 자리를 차지한 자신에게 제안이 들어왔다.

그러니 현재의 위치를 누리기 위해선 어느 누구에게도 약점을 잡히지 않아야 하고 무엇보다도 지금의 자리를 지켜야 했다.

"형님, 이러는 것이 어떻습니까?"

"뭐."

남상호는 주변을 잠시 살피다 신창호의 귀에 대고 속삭였다.

"러시아 놈들에게 의뢰를 하는 것이……."

"음……."

신창호는 러시아 놈들에게 청부를 하자는 남상호의 말에 신음을 흘렸다.

자신들이 손대기에는 뭔가 꺼림칙하지만 차라리 그게 나을 것도 같았다.

"좋아, 그럼 그 일은 네게 맡기마!"

마음을 정한 신창호는 그렇게 수호에 대해 보복하는 일을 남상호에게 일임했다.

"그런데 비용은 어느 정도로 하는 것이 좋겠습니까?"

자신들의 손으로 했다면 수고를 한 아이들에게 그냥 몇 푼 던져 주면 끝이지만 외부에 의뢰를 하는 것이기에 그렇게 할 수는 없었다.

"한 2천 부르고 적다고 하면 5천까지 써라!"

의뢰 하나에 너무 많이 쓰는 것 같아 최대 5천만 원으로 정했다.

물론 자신들이 외부에서 의뢰를 받을 때는 그 이상을 받지만, 어차피 국내 조직끼리 거래를 하는 것이 아니기에 그 정도가 적당하다 판단했던 것이다.

"알겠습니다. 한 번 알아보겠습니다."

그렇게 남상호는 두목인 신창호의 명령을 받고 청부를 받아 줄 러시아 조직원을 알아보기 위해 나섰다.

그런데 일을 맡기면서도 신창호는 뭔가 찜찜함에 기분이 그리 좋지 않았다.

*　　*　　*

촬영은 순조롭게 끝났다.

어제 팀 미션을 통해 오전에 그 결과 발표가 있었고, 결과에 따라 절반 정도의 출연자가 탈락하게 되었다.

탈락한 이들은 오전 본 촬영이 들어가기 전 대한민국 넘버원 스페셜 포스 챌린지에서 퇴소하였다.

단 하루였지만 챌린지 참가자들은 출신 부대를 떠나 정이 들었는지 남은 사람들과 퇴소하는 사람들 양측 모두 아쉬워하였다.

그리고 그런 장면은 촬영 카메라에 고스란히 담겼다.

탈락자들이 떠나고 촬영은 계속되었다.

오전 촬영은 유격 훈련에 있는 몇 가지 종목이었는데, 완전 군장을 하고 누가 더 빠르게 유격 훈련 과정을 통과하느냐를 겨루는 타임 러시였다.

수호는 고문으로서 촬영을 하기 전에 시범이라는 명분으로 촬영해야만 했다.

이는 새벽에 전화한 것에 대한 조건으로 어쩔 수 없었다.

경찰서에서 참고인 진술을 하는 과정에서 이상함을 느낀 수호는 바로 김연성 PD에게 연락을 하였다.

마침 늦게까지 전날 촬영된 것을 편집하고 있던 김연성은 수호의 전화를 받고 깜짝 놀랐다.

경찰서라는 소리에 무슨 문제가 발생한 줄 알았다.

수호가 출연자는 아니지만 방송국에서 이번 촬영의 고문으로 위촉한 사람이었다.

그런 사람이 문제를 일으켜 경찰서에 들어갔다는 뉴스라도 나간다면 촬영은 그 순간 스톱이 되는 것이다.

다행히 우려하던 일은 아니었기에 김연성은 수호의 물음에 기자의 전화번호를 알려 주었다.

그 번호를 사용했는지는 알 수 없지만 어찌 되었든 기자의 전화번호를 알려 준 대가로 수호가 한차례 촬영하는 것으로 합의를 보았다.

김연성은 촬영을 하면서 자신의 선택이 아주 탁월했다는 걸 깨달았다.

수호가 출연자들에 앞서 미션을 수행하는 걸 시범 보이는 것은 정말 그림 같았다.

안전 장비 없이 밧줄 하나에 의지하여 외줄을 건너고 또 절벽을 오르는 것은 물론이고, 장애물을 건넜다.

무려 30킬로의 무게를 지고서 말이다.

그 정도 무게를 지고 걷는 것도 쉽지 않은 일인데, 수

호는 달리고 장애물을 극복했다.

그뿐만이 아니다. 오후 촬영에서는 출연자 모두를 깜짝 놀라게 만들었다.

오후 촬영은 오전의 유격에 이어 실탄 사격을 하였다.

실탄 사격 때는 무조건 한 명만 입장하였는데, 이는 다수가 들어가 사격을 하다 사고가 발생할 위험이 있기 때문이었다.

룰은 스포츠 사격 룰을 적용하고 일부 룰을 변형하였는데, 챌린지에서는 소총과 권총을 함께 사용하였다.

50미터 구간을 이동하면서 초반 소총으로 20발 사격을 하고, 한차례 탄창 교환을 하며 20발 더 사격한 뒤 권총으로 바꿔 10미터 거리에 떨어져 있는 표적을 맞히는 것이다.

수호는 여기서 기가 막힌 사격술로 소총 40발, 권총 20발을 모두 표적에 명중시켰다.

그렇지만 이런 정도는 사격술에 소질이 있으면 누구나 할 수 있는 일이었다.

하지만 수호는 여기서 더 나아가 이 모든 것을 20초 내에 완료했다는 것이다.

소총으로 멀리 떨어져 있는 표적 스무 개를 맞히고 권총으로 표적 열 개를 맞혔다.

서른 개의 표적을 맞히는 것만으로도 30초 이상이 걸리는 것이 정상인데, 수호는 표적당 두 발씩 모두 명중시키면서도 20초밖에 걸리지 않았다.

이런 신의 경지에 오른 사격술로 출연자들에게 기립 박수를 받았다.

그리자 수호의 엄청난 시범에 경쟁심이 붙은 것인지, 챌린지 출연자들이 하나같이 속사를 하는 바람에 촬영은 예상보다 빠르게 끝났다.

다만, 그러다 보니 출연자들의 사격에 대한 정확도가 많이 떨어졌다는 것이 조금 아쉬울 따름이었다.

*   *   *

안톤 볼리쉐르 미로슬라프, 그의 직업은 청부업자다.

하지만 그의 직업이 처음부터 청부업자는 아니었다.

러시아 극동군 소속 스페쯔나츠, 정확하게는 해군 소속 스페쯔나츠였다.

자랑스러운 러시아 특수부대원이던 그가 인간이 가진 직업 중 최악이라 할 수 있는 청부업자가 된 것은 전적으로 술 때문이었다.

그럼에도 안톤은 청부업자가 된 지금도 술을 손에서 놓지 못하고 있었다.

벌컥.

차가운 러시아의 늦가을 저녁.

몸을 데워 줄 보드카 한 잔을 마시며 조금 전 브로커가 전해 준 사진을 보았다.

사진 속에는 이제 겨우 10대 후반에서 20대 초반으로 보이는 잘생긴 청년의 모습이 들어 있었다.

솔직히 안톤이 본 사진 속 인물은 어려도 너무 어려 보였다.

이제 막 피어나는 청년을 무슨 이유에서 죽여 달라는 청부를 했는지 이해할 수 없었지만 돈을 주기에 어쩔 수 없었다.

"더러운 세상!"

다음 타깃이 어린 청년이란 것을 알고는 뭐가 그리 기분 나쁜 것인지 다시 한번 글라스에 보드카를 따라 단번에 마셨다.

벌컥.

"크으!"

툭.

그런데 사진이 들어 있던 봉투에서 뭔가가 떨어졌다.

그것은 바로 타깃의 신상 정보였다.

살인 청부에서 타깃의 신상 정보는 무엇보다 중요했다.

그렇지만 한창 술을 마시고 있던 안톤의 눈에는 그런 것이 들어오지 않았다.

 아니, 안톤은 청부할 때 세세한 정보들은 별로 신경 쓰지 않는다는 것이 정확할 것이다.

 사실 안톤은 자신이 러시아군 중 가장 군기가 세고 악명이 높은 극동군 중에서도 해군 스페쯔나츠였다는 것에 무한한 자부심을 가지고 있었다.

 그랬기에 지금까지 99번의 살인 청부에서 단 한 번도 목표를 놓친 적이 없었다.

 99번의 청부를 하면서 수많은 희생자들이 있었는데, 그중에는 일반인도 있었지만 대부분의 타깃이 마피아들이었다.

 경쟁 조직의 주요 인사들을 암살하려는 마피아의 청부로 수많은 마피아 간부들을 죽였다.

 마피아라고 해서 그냥 무식한 깡패들이 아니다.

 그들은 잘 훈련된 군인이었고, 스파이들이었다.

 소련이 붕괴하고 연방이 갈라지며 많은 수의 소련 군인들이, 특히 특수부대들이 해체되었다.

 안톤과 같은 스페쯔나츠는 물론이고, CIA와 함께 세계의 밤을 지배하던 소련의 첩보 조직인 KGB도 예외는 아니었다.

 그렇게 KGB와 스페쯔나츠에서 나온 군인들은 거의

대부분 마피아로 스며들었다.

사실 소련 붕괴 이전의 마피아는 소련에서 그저 쓰레기일 뿐이었다.

하지만 소련이 붕괴하고 이들 중 엘리트(KGB와 스페쯔나츠, 군 장교)들이 대거 마피아에 흘러들어 가면서 러시아 마피아의 명성이 오르기 시작했다.

이들이 합류하기 전, 세계에서 알아주는 깡패 조직은 이탈리아계 조직인 마피아와 경제 대국 일본의 야쿠자, 그리고 인구 대국 중국의 밤을 지배하는 삼합회 정도였다.

그 밑으로는 미국과 인접한 멕시코와 남미의 카르텔들이 존재감을 드러내고 있었다.

그에 반해, 소련의 조직은 이들에 비해 비교조차 되지 않는 수준이었다.

하지만 소련 해체 이후 상황이 바뀌었다.

공산주의 국가인 소련이 경제 문제로 붕괴되면서 많은 엘리트들이 생계를 위해 군복을 벗고 마피아 밑으로 들어가 검은 양복을 입으면서 러시아 마피아는 새롭게 탈바꿈하였다.

또 뒤로 빼돌린 무기들로 무장을 하고, 그것들을 효과적으로 운용할 수 있는 엘리트들이 조직원들을 교육시켰다.

어떻게 보면 러시아 마피아는 준군사 조직이나 마찬가지였다.

권총이나 자동 소총 정도로 무장하는 다른 조직들과 다르게, 러시아 마피아는 거기에 더해 장갑차와 로켓까지 보유하고 몇몇 조직은 공격 헬기와 잠수함까지 보유한 곳도 있을 정도였다.

물론 남미의 마약 카르텔 중에는 러시아 마피아와 비슷하게 장갑차와 탱크도 보유한 조직이 있기는 하지만, 러시아 마피아처럼 전문적인 전투 훈련을 마친 조직원이 없기에 장비를 제대로 활용하지 못했다.

그에 반해서 러시아 마피아 조직은 그런 장비들을 전문으로 다루는 군인과 그 수준이 다르지 않았다.

그런 장비를 운용하던 군인들이 군복을 벗고 마피아 조직원이 되었으니 당연했다.

즉, 나라에서 월급을 받던 것에서 마피아 조직에서 월급을 받는 것으로 직장을 이직한 것이나 마찬가지였던 것이다.

그런 마피아 조직원은 물론이고, 마피아 간부도 안톤의 타깃이 되어 시베리아 벌판 어딘가에 뿌려졌다.

"안톤, 뭐 하고 있어요?"

언제 다가왔는지 그의 부인 소냐가 그가 있던 작업장으로 들어왔다.

"술은 그만 마시고 저녁이나 먹어요."

저녁 준비를 마친 소냐가 얼른 그의 손에 들린 술잔과 테이블 위에 놓인 보드카를 들며 말했다.

"응, 알았어. 딱 이거 한 잔만 마시고……."

안톤은 살인 청부업자라고는 믿기지 않을 정도의 부드러운 목소리로 소냐가 들고 있던 술잔을 빼앗아 얼른 마셨다.

"당신 건강을 위해서라도 적당히 마셔요."

"알았어."

자신의 건강을 걱정하는 아내의 말에 안톤은 알겠다는 말과 함께 그녀의 투실한 엉덩이를 두들겼다.

"먼저 가 있어. 난 여기 좀 정리하고 갈게."

"네. 그럼 빨리 오세요."

"그래."

소냐가 그렇게 작업실을 나가자 안톤은 얼른 사진과 바닥에 떨어진 종이를 봉투에 넣고는 작업장 한쪽에 있는 화로에 집어넣었다.

이미 타깃의 생김새와 신상을 머릿속에 기억하고 있으니 굳이 증거를 남겨 둘 필요가 없었기 때문이다.

화르르.

화로 속에 들어간 봉투는 불이 붙으며 빠르게 연소되었다.

　　　　*　　　　*　　　　*

　위이잉.

　조용한 모터 돌아가는 소리를 내며 달리는 바이크.

　일반 바이크와 다르게 소음은 적지만 그 속도는 웬만
한 모터사이클이 따라가지 못할 정도로 빠르게 달리고
있었다.

　[창호파에서 러시아로 5만 달러가 넘어갔습니다.]

　바이크를 타고 이동 중에 슬레인으로부터 연락이 왔
다.

　"5만 달러? 무슨 목적이지?"

　수호는 잠시 달리던 것을 멈추며 물었다.

　바이크는 안전하게 도로 갓길에 정차하였다.

　한적한 지방 도로이다 보니 통행하는 차량이 많지 않
았고, 또 지금 시각이 저녁 늦은 시간이라 더욱 차량 통
행이 없었다.

　그럼에도 수호는 안전을 위해 갓길에 정차했던 것이
다.

　5만 달러, 한화로 치면 5천만 원 조금 넘는 수준이
다.

　그렇게 따지면 그리 큰돈은 아니지만 그렇다고 적은

돈도 아니었다.

러시아에서 무언가를 들여오기에도 큰돈이라 할 수 없기에 물었던 것이다.

[통화 내역을 보니 아무래도 살인 청부를 한 것으로 보입니다.]

창호파의 통화를 감청하던 슬레인은 정확하게 살인에 대한 단어는 없었지만 살인 청부로 의심될 만한 단어는 여럿 들었기에 그런 판단을 내렸다.

창호파에서 자신의 주인인 수호에 대한 살인 청부를 의뢰하였다고 말이다.

"살인 청부를 했다?"

슬레인의 보고에 수호는 작게 중얼거렸다.

그러고는 머릿속으로 상황을 유추해 보았다.

청호파에서 살인 청부를 했을 때, 누구를 타깃으로 했을까 싶은 생각을 하다 결론을 내렸다.

"한동안 재미있어질 것 같은데?"

자신에 대한 살인 청부가 있다는 결론을 내린 수호는 자신도 모르게 중얼거렸다.

[청부업자로 이자가 유력합니다.]

슬레인은 창호파가 러시아 사업가에게 의뢰를 하고, 또 그 러시아 사업가가 자신과 연관된 조직에 연락하여 청부업자를 고용한 루트를 추적하였다.

그러다 수호를 죽이기 위해 한국에 입국한 청부업자

를 알아냈다.

최종적으로 의뢰를 받은 브로커가 거느리고 있는 청부업자 중 한국에 들어온 사람이 두 명 있었는데, 하나는 지금 부산에 있고 남은 하나가 동해항에 오늘 들어온 것으로 되어 있었다.

물론 살인 청부업자들은 신분을 숨기고 한국으로 들어왔지만, 이미 출발 전에 러시아인들의 신분을 조사했기에 모두 알고 있었다.

그렇기에 슬레인은 부산에 들어온 청부업자보단 속초시와 가까운 동해항에 들어온 청부업자가 이번 일을 맡은 자가 유력하다고 판단을 내렸다.

"슬레인, 그럼 네가 생각하기에 청부업자가 언제 날 습격하려고 할까?"

대한민국의 치안은 세계에서 알아줄 정도로 거의 완벽하게 구축되어 있다.

특히나 총기류가 사용된 경우에는 경찰이나 검찰이 아닌 군과 국정원이 조사를 한다.

총기 소지가 불법인 대한민국이다 보니, 총기와 관련된 기관이 군과 국정원이기 때문이다.

예전에는 검찰에서도 담당하는 부서가 있었지만 현재는 아니다.

물론 담당이 군과 국정원이라 하지만 경찰과 검찰도

협조하기에 사실 명시된 것과 다르게 대한민국 모든 공권력이 동원된다고 봐도 무방하다.

그래서 대한민국에서 총기로 인한 살인 사건은 크게 다루기 때문에 사건이 발생하면 범인은 100% 잡힌다.

그렇다고 칼이나 다른 무기에 의한 살인의 검거율이 낮은 것도 아니다.

OECD 국가 중 대한민국의 범죄 검거율은 단연 최고 수준이다.

그러니 이것을 안다면 범행을 저지르고 안전하게 빠져나가기 위해선 많은 조건이 필요했다.

살인 청부업자이니 분명 그런 것을 고려해 청부를 시도하려 할 터였다.

목격자가 많은 곳에선 당연히 시도하지 않을 것이고, 또 밝은 낮 동안에도 하지 않을 것이 분명했다.

사람의 통행이 없는 곳이라도 낮엔 언제, 어느 때 그곳에 사람이 지나갈지 모르고 또 대낮이라면 멀리서도 시야가 확보되기 때문에 멀리서도 현장을 목격할 수 있기 때문이다.

그렇다면 이런 조건들 빼고 청부업자가 범행을 시도할 만한 조건은 꽤 줄어들기 마련이다.

[아무래도 촬영 마지막 날이 되지 않을까 생각됩니다.]

슬레인은 대한민국 넘버원 스페셜 포스 챌린지 마지

막 날일 거란 결론을 내렸다.

"그렇기에는 시간이 너무 없지 않나?"

그랬다.

슬레인의 결론을 들은 수호가 생각하기에 그건 청부업자에게 꽤 부족한 시간이었다.

의뢰를 받고 바로 한국에 들어왔다고 해도, 조사하고 계획을 잡는 것으로만 최소 일주일은 필요했다.

그런데 대한민국 넘버원 스페셜 포스 챌린지의 마지막 촬영은 바로 이틀 뒤인 모레로 예정되어 있었다.

그렇다는 말은 살인 청부업자에게 시간이 너무 촉박하다는 소리였다.

[그렇긴 하지만 주인님의 경우, 이틀 뒤면 아레스와의 계약도 끝나기 때문에 공식적인 스케줄이 없습니다.]

"아."

수호는 지금 슬레인이 무슨 말을 하려는지 바로 깨달았다.

현재 그의 직업은 PMC인 아레스의 훈련 교관이었다.

그런데 그것은 계약직으로, 이번 아레스 1기 훈련생들의 교육을 마치면 자동으로 계약이 종료된다.

그리고 대한민국 넘버원 스페셜 포스 챌린지 촬영 때문에 중간에 계약 조건이 살짝 바뀌면서 수호의 계약 기간이 대한민국 넘버원 스페셜 포스 챌린지의 촬영 종료일까지로 변경되었다.

그러니 촬영이 끝난 뒤 공개적인 수호의 일정은 아무것도 없었다.

그렇다는 말은 청부업자가 일반적으로 범행을 저지르기 위해 조사하고 계획을 세우는 기간을 모두 허비한다면, 수호에 대한 범행을 시도하기까지 오랜 시간이 걸린다는 말이었다.

더욱이 수호가 사는 곳은 세계에서도 인구밀도가 수위에 들어가는 서울이었다.

그것도 단위 면적당 CCTV가 가장 많이 설치되어 있는 서초구에 말이다.

물론 수호가 직업은 없어도 외부 활동을 하기 위해 집밖으로 나가기는 하겠지만 그 행선지는 모두 불명확했다.

살인 청부업자에게는 너무도 힘든 일일 수밖에 없는 것이다.

그러니 이런 수호의 상황을 알게 되었다면 청부업자는 힘들긴 하겠지만 내일까지 조사를 마치고 모레 범행을 시도할 터였다.

"일리가 있어."

수호는 슬레인의 판단에 고개를 끄덕이며 동조하였다.

"젠장!"

안톤은 자신의 실수를 깨닫고 소리쳤다.

술만 아니었더라면 이번 청부를 받아들이지 않았을 것이다.

이번 청부는 동양의 작은 나라에서 젊은 청년 하나를 처리하는 것이라 생각했다.

그동안 고생했으니 조직에서 간단한 청부 하나 해결하고, 외국으로 잠깐 관광이나 보내 준 것으로 생각했었는데, 와서 보니 그게 아니었다.

한국에 도착하자마자 그는 타깃에 대한 조사에 들어갔다.

별거 아니란 생각을 하면서도 청부에 들어가기 전에 습관처럼 하는 일이었기에 가벼운 마음으로 했던 것이다.

하지만 조사하던 중에 이상함을 발견했다.

무슨 TV 프로그램에 출연하는 것 같았는데, 내용도 자신이 생각하던 것과 딴판이고 또 타깃이 출연하기는 하는데 분위기가 이상했다.

딱 봐도 지금 타깃이 찍고 있는 프로그램이 자신과

같은 프로페셔널을 데려다 겨루는 내용이었다.

촬영을 멀리서 지켜보면서 안톤은 예전에 자신이 훈련을 받던 때를 떠올리기도 했다.

그런데 이상한 것은 출연자들과 조금 떨어져 감독하고 함께하고 있는 타깃을 보는 다른 사람들의 시선이 뭔가 위화감을 조성하고 있었다.

안톤은 그게 무엇인지 얼마 지나지 않아 알 수 있었다.

그것은 출연자 중 가장 어린 타깃이 다른 누구보다 능숙하게 보인다는 점이었다.

아니, 한참 현역이던 자신보다 더 능숙하게 총과 군용 대검을 잘 다루었다.

'음, 진짜다.'

비록 멀리서 지켜보는 것이었지만 안톤은 자신이 가볍게 생각했던 타깃이 지금까지 그가 처리했던 그 어떤 표적보다 더 어렵고 위험한 타깃임을 깨달았다.

더욱이 조사하면서 알게 된 것인데, 타깃은 1년 전까지만 해도 현역으로 뛰던 스페셜 포스였다.

그것뿐만 아니라 작전에서 혁혁한 공을 세워 무공 훈장도 여럿 받았다.

그중에는 세계 최강이라는 미군에게서 받은 것도 있었다.

'이건 의뢰비가 잘못 책정되었잖아.'

이번 청부의 청부금은 5만 달러였다.

그중 30%는 의뢰를 연결해 준 회사(브로커)가 가져간다.

즉, 그 말은 3만 7천 달러 정도의 청부란 소리였다.

하지만 청부에 성공하기 위해선 너무도 어려운 조건이 붙어 있었다.

타깃은 일반인이 아닌 자신을 능가할지도 모르는 베테랑이었다.

뿐만 아니라 그의 직업은 내일이면 없어진다는 것이다.

물론 이건 어떻게 보면 좋을 수도 있지만, 일단 청부에 성공하기 위해선 차라리 직업이 있어 일정한 루틴이 있는 게 더 좋았다.

하지만 타깃은 내일이면 그런 루틴이 사라진단다.

더욱이 자신은 이곳에 신분을 숨기고 관광 비자로 입국했기에 시간이 많지 않았다.

안톤은 여기서 결정해야만 했다.

'어떻게 하지?'

아무리 봐도 이번 의뢰는 불가능에 가까웠다.

시간도 부족하고, 대상에 대한 정보도 부족했다.

타깃에 대해 자세히 보진 않았지만 몇 가지는 기억하

고 있었다.

분명 사고를 당해 장애를 가지고 있다고 했는데, 전혀 그런 기미가 보이지 않았다.

즉, 타깃에 대한 정보가 거짓이었다.

'이건 수지 타산이 맞지 않아.'

뭔가 결심을 한 안톤은 생각을 접고 돌아섰다.

7. 청부업자와의 머리싸움

대한민국 넘버원 스페셜 포스 챌린지의 촬영이 모두 끝났다.

　촬영 첫날 고지 점령 각개 전투를 시작으로 팀 미션 네 번, 그리고 개인 미션 여섯 번, 이렇게 열 번의 미션을 통해 점수를 취합하는 방법으로 순위를 매겼다.

　그렇게 열 차례의 미션 중 최고점을 받은 사람은 아레스에서 챌린지에 참가시킨 정철원이었다.

　역시나 최근까지 현역 특수 훈련을 받은 영향이 있었던 것인지, 각 미션에서 고르게 득점을 하면서 넘버원 스페셜 포스로 뽑히게 되었다.

"축하한다."

철원은 다른 참가자들의 축하를 받은 뒤 교관이었던 수호를 찾아와 인사하였다.

그런 철원에게 수호는 축하한다는 덕담을 하였다.

"모두 교관님의 가르침 때문입니다."

철원은 잘 알고 있었다.

자신이 아레스에 입사한 뒤 앞에 있는 수호에게 훈련을 받은 것이 얼마나 큰 도움이 되었는지 말이다.

"아니, 네가 잘했기에 된 것이다."

수호는 자신에게 공을 넘기는 철원을 보며 그렇게 이야기했다.

말을 물가로 데리고 갈 수는 있어도 물을 먹는 것은 말의 마음에 달린 것이다.

자신이 아무리 교육을 잘 시켰다고 해도 본인이 최선을 다해 목표를 이루려 하지 않으면 아무런 소용이 없는 일이었다.

더욱이 방송을 위해 적당히 타협을 보아 철원을 대한민국 넘버원 스페셜 포스 챌린지에 넣은 것이다.

원래 아레스의 사장인 심보성은 회사의 이름을 알리기 위해 훈련생 중 1등인 김영웅을 내보내길 원했다.

하지만 챌린지의 PD인 김연성은 아레스의 홍보를 위해 프로그램을 제작하는 것이 아니란 것을 언급했다.

그 때문에 몇 시간을 토론하다 나온 것이, 적당한 순위의 수료자를 내보내기로 하고 10위를 했던 철원이 챌린지에 나가게 되었다.

그럼에도 대한민국 넘버원 스페셜 포스 챌린지에서 아레스의 직원인 철원이 1등을 하게 되었다.

사실 수호는 자신이 있었다.

10위인 철원이 아니고, 33위의 가장 저조한 성적으로 수료한 직원이라도 충분히 챌린지에서 1등을 할 수 있다고 말이다.

그만큼 수호는 교관으로 있으면서 훈련생들을 철저하게 교육시켰다.

단 한 명의 낙오 없이 이들을 수료시키기 위해 철저히 준비하고, 슬레인을 동원해 몇 번이나 시뮬레이션을 돌렸다.

그러면서도 하루하루 훈련생들의 훈련 기록을 데이터화하여 미진한 부분을 보충하였다.

그러니 챌린지에 출연한 그 어떤 전직 특수부대원들과 겨뤄도 이겨 낼 자신이 있었다.

물론 그건 챌린지에 참가하게 된 훈련생이 촬영에 진심으로 임했을 때의 이야기이지만 말이다.

어찌 되었든 챌린지에 참여하게 된 정철원은 자신의 역량을 총동원하여 우승자가 되었다.

"수고했고. 그나저나 네 휴가는 촬영 때문에 이틀이나 줄어들었는데 괜찮겠냐?"

다른 훈련생들은 철원보다 먼저 휴가를 떠났다.

먼저 떠난 이들은 철원보다 4일이나 휴가가 길었고, 챌린지의 대항군으로 끝까지 남은 인원도 그저께 휴가를 떠났다.

"괜찮습니다. 휴가가 이틀 적은 대신 전 챌린지에서 1등을 해 상금을 받았지 않습니까."

철원은 다른 동기들에 비해 휴가가 적은 것에 불만이 없었다.

수호가 챌린지의 참가자로 자신을 선택하는 바람에 우승 상금 1억을 벌었다.

물론 각종 세금으로 1억 원 전부를 가져가진 못하겠지만 그래도 그게 어딘가.

어차피 돈이 급해 위험한 PMC에 지원을 한 것인데, 본격적으로 일하기도 전에 1억을 벌었다.

이는 자신의 연봉보다도 많은 금액이었다.

다만 작전에 투입되면서 생명 수당과 성공 보상이 합쳐지면 다르겠지만, 어찌 되었든 현재 자신이 아레스와 계약했던 연봉 이상을 번 것은 맞았다.

그렇기에 철원은 휴가가 짧은 것에 불만이 없었다.

"뭐, 네 말도 맞다. 돈이 필요해 PMC가 되었는데, 다른 직원들에 비해 이틀 휴가가 짧은 것이 대순가.”

“맞습니다. 하하하!”

철원은 다른 동기들도 이번 챌린지에 대항군으로 출연하면서 출연료를 받았다는 것을 알고 있었다.

하지만 출연료를 받는 것도 다른 동기들은 하루 또는 삼 일의 출연료였다.

그저 용돈 벌이 정도에 불과했다.

그런데 자신은 챌린지 기간 전부를 출연하면서 300만 원의 출연료에 챌린지 우승 상금 1억을 벌었다.

그러니 불만이 있을 리 없었다.

“찾는다. 그만 가 봐라!”

저 멀리서 이번 대한민국 넘버원 스페셜 포스 챌린지에 출연했던 이들이 모여 자신과 철원을 보고 있었다.

그들이 보고 있는 것이 자신을 부르는 것이 아닌 같은 출연자였던 철원을 부르는 것임을 수호는 알 수 있었다.

“예, 그럼 가 보겠습니다.”

모든 교육이 끝났고, 또 수호가 고문으로 출연했던 대한민국 넘버원 스페셜 포스 챌린지도 오늘로서 종료되었다.

특별한 인연이 없다면 수호와 철원은 더 이상 만날 이유가 없었다.

수호는 아레스와 계약직으로 채용 계약을 했기 때문이다.

철원이 챌린지 출연자들에게 가자, 수호는 굳이 이곳에 남아 있을 필요성을 느끼지 못해 그만 퇴근하기로 하였다.

저벅저벅.

촬영이 끝난 세트장.

촬영은 끝났어도 그곳에 분주히 움직이는 이들이 있었다.

본 촬영 팀은 이미 철수했지만 건설된 세트는 원래 이곳 환경으로 되돌려 놔야 하기에 세트를 철거하는 팀이 남아 철거하는 중이었다.

조금 전까지만 해도 특수부대 훈련장과 같던 지형이 원래의 모습을 찾아가고 있었다.

물론 사람이 있었던 자리라 100% 원래의 모습으로 돌아가진 못하겠지만, 신기한 느낌을 받았다.

'인간이 아무리 노력해도 100% 완벽하진 않구나!'

수호는 마치 깨달음을 얻은 것처럼 머릿속에 뭔가 번쩍하는 느낌을 받았다.

또한 그 느낌과 함께 고양감도 느꼈다.

이런 느낌은 필리핀에서 조난을 당했다가 외계인에게 구해진 뒤 유전자가 바뀌고 처음 깨어났을 때 느꼈던 그때와 매우 흡사했다.

그런데 이번에는 그때 느꼈던 것보다 더 인식의 범위가 넓었다.

마음만 먹으면 수 킬로미터 너머에서 벌어지는 일도 들을 수 있고, 또 볼 수 있을 것만 같았다.

[주인님, 축하드립니다.]

한참 고양된 느낌에 감정을 추스르며 현실감을 찾아갈 때, 느닷없이 슬레인으로부터 축하 인사를 받았다.

"슬레인, 너도 느낀 것인가."

슬레인의 축하에 수호는 자신이 느낀 감정을 그도 느꼈는지를 물었다.

[아닙니다.]

"그럼, 어떻게 안 거지?"

[그건 주인님 손목에 연결된 팔찌의 파장을 보고 알게 되었습니다.]

"아."

수호는 그제야 이해할 수 있었다.

어떻게 슬레인이 자신의 변화를 알게 된 것인지 말이다.

수호의 손목에 착용하고 있는 팔찌는 스마트워치로, 시계와 휴대 전화 기능만 있는 것이 아니라 수호의 바이털 사인 체크 기능은 물론이고, 슬레인과 전화망이 아닌 직통으로 연결을 할 수 있었다.

물론 그런 기능 외에도 많은 기능들이 슬레인의 노력으로 갖춰져 있었다.

"그나저나 청부업자는 어떻게 하고 있지?"

고양된 감정들을 갈무리한 수호는 다시 걸으며 물었다.

[아직 본격적인 움직임은 보이지 않고 있습니다. 다만……]

"다만, 뭐지?"

보고를 하다 중단한 슬레인에게 끝말을 따라 하며 무슨 일인지 되물었다.

[청부업자의 움직임이 멈춘 대신……]

"멈춘 대신?"

[창호파와 처음 그들에게 청부업자를 소개한 러시아인 간의 통화가 늘어났습니다.]

"음……."

수호는 보고를 듣고 잠시 걸음을 멈췄다.

창호파의 청부를 받았던 러시아인 살인 청부업자가 행동을 멈춘 뒤 그자를 소개한 중계인과 창호파 간의 통화가 늘었다는 것이 무엇을 뜻하는 것일까 생각하기 위해서였다.

'무슨 이유로 창호파와 러시아 중계인 간의 통화가 늘었을까.'

아무리 생각해 보아도 무슨 이유인지 현재로서는 알

길이 없었다.

＊　　　＊　　　＊

허름한 것과는 거리가 먼, 아주 화려한 모텔.

살인 청부업자인 안톤이 겉모습이 화려한 것만 보고 숙소로 잡은 모텔이었다.

하지만 그가 생각지 못한 것이 있었다.

그것은 바로 도시를 벗어난 화려한 모텔은 백이면 백, 연인들 혹은 불륜을 저지르는 손님들을 주 고객으로 하는 러브호텔이라는 점이었다.

그나마 다행인 것은 안톤이 찾은 곳은 사람 없이 운영하는 무인 모텔이었다.

처음 모텔에 들어왔을 때는 그것 때문에 당황해 한동안 사람을 기다리며 입구에 서 있었지만, 그의 뒤로 마침 투숙하는 손님이 있어 그들을 따라 하여 무인 모텔에 정상적으로 들어올 수 있었다.

혼자 모텔을 찾은 것 때문에 먼저 들어가게 된 손님에게 이상한 사람 취급을 받기는 했지만 어차피 물리적인 충돌은 없었기에 굳이 문제를 만들지 않았다.

"소냐, 미안한데 일이 좀 늦어질 것 같아."

조직으로부터 아직 답신이 없기에 안톤은 일단 한국

에 체류하면서 기다리기로 하였다.

그 때문에 아내와 약속을 지키지 못할 것 같아 전화를 걸었다.

"아니야. 거래처에서 서류가 잘못돼서 그것이 해결되어야⋯⋯."

아내인 소냐에게는 한국과 무역 때문에 출장을 간다고 말하였기에 바로 돌아가지 못하는 것에 대한 변명이었다.

우웅, 우웅.

통화를 하던 중 또 다른 휴대폰에서 진동이 울렸다.

브로커와 직통으로 통하는 전화였다.

"소냐, 회사에서 전화가 왔나 봐. 그만 끊어야 되겠어."

브로커와 통화할 때는 주변에 어떤 누구도 있어선 안된다.

척.

아내와의 통화를 마친 안톤이 급히 브로커의 전화를 받았다.

"어떻게 되었어?"

전화를 건 사람이 누군지 알기에 용건만 간단하게 물었다.

"청부 금액이 20만 달러라! 그건 괜찮군. 하지만 방

법이나 기간은 마음에 들지 않아."

브로커와 통화하던 안톤은 청부 금액이 올랐다는 것은 마음에 들지만 다른 조건들은 그다지 성에 차지 않았다.

타깃에 대한 조사와 본격 실행까지 7일에서 최대 10일 내에 청부를 완료하라는 것이다.

솔직히 이건 쉽지 않은 조건이었다.

총기 사용이 자유로운 미국이나 불법이긴 해도 공공연하게 사용되고 있는 러시아라면 별것 아닌 조건일 수 있었다.

하지만 이곳 한국은 총기 소지가 불법이었다.

더욱이 이곳에서는 청부에 사용할 무기를 구하기도 힘들었다.

기껏 구할 수 있는 무기는 짧은 도검류나 권총 정도였다.

그런 것을 가지고 암살을 하는 것은 어려운 일이다.

그것도 대상이 특수 훈련을 받은 특수부대 출신이 아닌가.

이번 타깃은 지금까지 맡은 의뢰 중 가장 힘겨운 대상인데, 조직에서는 아직도 이번 타깃에 대해 정확한 파악을 하지 못한 듯 보였다.

솔직히 안톤은 여기서 타깃에 대한 조사를 하면서 자

꾸만 불길한 예감이 들었다.

마음 같아서는 그냥 이번 의뢰를 포기하고 싶었다.

하지만 그럴 수 없었다.

이번 의뢰만 마무리하면 조직에서 걸었던 100번의 의뢰를 마치게 된다.

지금까지 조직에 들어온 청부업자 중 자신처럼 100번의 의뢰를 무사히 마치고 조직에서 나간 청부업자는 한 손에 꼽을 정도로 극히 적었다.

대부분 중간에 의뢰를 나갔다 은퇴하였다.

청부업자들의 세계에서 은퇴란 바로 죽음이었다.

100번의 의뢰를 마치고 조직을 나간 이들도 은퇴라 하지만, 조건을 완료하고 은퇴하는 이들은 청부업자들 속에서도 전설로 남을 만한 이들뿐이기에 그 의미가 달랐다.

물론 그렇게 영광스럽게 은퇴했던 전설들 중 열에 아홉은 그렇게 힘들게 떠났던 이 세계로 다시 돌아오곤 했다.

청부업을 하면서 벌어들였던 그 많은 돈을 흥청망청 계획 없이 쓰다 빈털터리가 되어 되돌아온 것이다.

그게 아니라면 사람을 죽이는 것에서 쾌감을 알게 된 사이코가 된 이들이었다.

그런데 안톤은 그런 부류와 달랐다.

안톤은 청부업자가 되기 전에 가정을 이룬 남자였다.

청부업자가 된 것도 자신의 가정을 지키기 위해 돈이 필요했기에 그랬던 것이다.

그동안 안톤은 청부업자가 되면서 많은 돈을 벌었다.

목표한 돈만 모으면 이 세계에서 벗어나 정상적인 삶을 살겠다는 계획을 가지고 있었지만 세상은 마음먹은 대로 흘러가지 않았다.

그가 살인 청부업으로 사람을 많이 죽여서 그런지 신은 그를 가만두지 않았던 것이다.

3년 전, 세 살이 된 그의 막내아들이 백혈병 판정을 받았다.

처음에는 그저 감기 정도로 생각했다.

발열과 피로감을 호소하고 또 안면이 조금 창백해지는 것 외에는 다른 증상이 없었기 때문이다.

그런데 하루에도 몇 번씩 기절해 쓰러지는 것을 이상히 여겨 병원에 가 보니 급성 골수성 백혈병이라는 것이다.

다행히 의학이 발전하면서 백혈병도 조기에 발견하면 치료 방법이 있었다.

다만, 치료 기간이 오래 걸리고 또 비용도 많이 든다는 단점은 있었다.

안톤이 청부업으로 많은 돈을 모아 두었다고 하지만

아들의 백혈병을 완치할 수 있을 때까지 치료비를 댈 수는 없었다.

아들과 가족을 살리기 위해 안톤은 무리하게 의뢰를 받았다.

보통 청부업자는 한 번 의뢰를 마치면 몇 달에서 반 년 정도는 의뢰를 받지 않았다.

이는 의뢰를 수행하면서 받은 스트레스를 풀기 위해서다.

아무리 살인에 익숙하다 해도 인간인 이상 영향을 받기 때문이다.

그런데 안톤은 그런 스트레스를 백혈병과 싸우고 있는 어린 막내아들을 떠올리며 극복했다.

그러던 것이 어느새 100번째 마지막 의뢰를 남기게 되었다.

모아 둔 돈은 모두 막내아들의 치료비로 써 버렸다.

이번 마지막 의뢰도 그래서 맡은 것이다.

많은 돈은 아니지만 급한 불을 끌 수 있을 정도는 되었기 때문이다.

더욱이 100번째 의뢰를 마치면 이제는 프리랜서로 활동할 수도 있었다.

그렇게 되면 의뢰를 골라서 할 수도 있으니, 청부를 받더라도 지금과는 다른 더 큰 금액의 의뢰를 받을 수도 있어 조금 애매한 금액이지만 받았다.

"이번 의뢰, 뭔가 느낌이 좋지 않아."

― 그래도 어쩔 수 없어. 네가 이미 하기로 했으니 해야 해.

"음……. 그럼 이번 의뢰를 수행하기 위해 필요한 물건이 있어, 그것들을 구해 줘."

안톤은 어쩔 수 없다는 브로커의 말에 할 수 없이 불안한 마음을 접고 필요한 물건을 부탁했다.

＊　　　＊　　　＊

아레스와의 계약도 끝나고, 또한 JTV에서 촬영한 대한민국 넘버원 스페셜 포스 챌린지의 촬영 역시도 끝났다.

즉, 현재 수호의 직업은 백수였다.

그 때문에 수호는 필리핀에서 조난을 당했다 돌아온 뒤에 늘 그랬던 것처럼 한동안 집 안에서 두문불출하였다.

수호가 그렇게 바깥출입도 하지 않고 집 안에만 있었던 것은 전적으로 암살자 때문이었다.

촬영을 마치고 돌아오던 길에 깡패들에 의해 위험에 처했던 한빛 엔터 소속 여자 신인 아이돌인 플라워즈가

탄 차를 구해 주었다.

처음에는 지방의 깡패 조직이 자신이 있는 지역 행사에 여자 연예인이 오니 수작을 부리려는 것으로 생각했다.

하지만 그들을 붙잡아 경찰서에 간 뒤 상황이 바뀌었다.

조직 폭력배가 그런 일을 하다 미수에 그치고 또 경찰에 붙잡히게 되면 검찰이 붙어 조사를 하여 그 조직을 소탕하는 것이 일반적이었다.

이는 다른 폭력 조직에 공권력이 너희를 주시하고 있다는 경고를 하는 것이다.

한마디로 길들이기를 한다는 소리다.

너희를 항상 주시하고 있으니 문제 만들지 말고, 우리가 필요할 때 시키는 일이나 잘하라는 뭐 그런 것이다.

그런데 이번에는 무슨 이유에서인지 깡패들이 날이 밝자 풀려났다.

그리고 그 소식은 수호나 플라워즈가 속한 한빛 엔터에 알려지지 않았다.

다만 수호가 경찰서에서 뭔가 이상한 낌새를 느끼고 슬레인에게 조사시킨 뒤 알게 된 내용이었다.

또한 문제를 일으켰던 속초시 깡패 조직인 창호파에

서 그들의 일에 끼어든 자신에 대한 살인 청부를 했다는 것 또한 알게 되었다.

참으로 황당한 놈들이 아닐 수 없었다.

요즘 시대에 이름이 알려진 연예인을, 그것도 미성년이 포함된 여자 아이돌 그룹을 납치하려고 했다는 것도 어처구니없는 일인데, 그것이 미수에 그친 것에 대한 보복을 생각한다는 것은 그들이 정상이 아님을 알게 하였다.

"슬레인, 아직도 움직임이 없나?"

슬레인과 수호가 예상한 것은 청부업자가 자신의 스케줄이 확실한 기간인 대한민국 넘버원 스페셜 포스 챌린지가 끝나는 날 습격을 해 올 것이라 여겼다.

비록 시간이 촉박하긴 했지만 의뢰를 받은 이상 그럴 것이라 생각했던 것이다.

하지만 의뢰를 받은 살인 청부업자는 어설픈 초보가 아닌 어느 정도 숙련된 자가 분명했다.

그렇지 않다면 겨우 몇 만 달러에 지나지 않는 의뢰를 이렇게 신중하게 처리하지는 않았을 것이기 때문이다.

어떻게 보면 살인 청부업도 일반적인 물건을 사고파는 행위와 비슷한 면이 있었다.

누군가를 죽인다는 것은 보통 힘든 일이 아니다. 뿐

만 아니라 중간에 많은 비용이 발생된다.

그러니 살인 청부를 의뢰받는 것도, 이런 청부를 의뢰하는 과정에서 발생하는 비용까지 감안해서 의뢰비를 받는다.

그렇기에 1억도 되지 않는 청부 금액을 생각하면 썩 좋은 청부업자를 구하지 못했을 것으로 예상했는데, 예상 밖으로 행동하고 있었다.

[조사를 더 깊게 해 본 결과 암살자의 신분을 알아냈습니다.]

자신의 예상과 다르게 움직이는 청부업자의 이상 행동에 슬레인은 조금 더 깊게 조사를 하였다.

그리고 창호파의 청부를 받은 조직에서 파견된 청부업자의 신분을 알게 되었다.

[이름은 안톤 볼리쉐르 미로슬라프, 전직 러시아 극동군 휘하 해군 육전대 소속 스페쯔나츠 중사 출신으로…… 결혼하여 슬하에 2남 1녀의 자식을 두고 있습니다.]

슬레인은 자신이 알아낸 청부업자 안톤에 대한 신상을 모두 이야기하였다.

[그가 속한 조직과 계약된 마지막 의뢰인 것으로 파악되었습니다.]

"호, 겨우 몇 만 달러짜리 의뢰인데 청부를 99번이나 성공을 한 베테랑 암살자를 보냈다고?"

이야기를 들은 수호는 어처구니가 없었다.

수호도 군에 있을 때 종종 그런 임무를 수행했다.

특수부대원으로 정식 파견이 된 군인이었지만 어차피 자신이 속한 부대도 미군과의 거래로 파견된 것이니, 아프가니스탄 주둔 중 미군의 의뢰로 암살 임무를 가지고 작전에 투입되는 것도 어찌 보면 당연한 일이었다.

하지만 수호가 투입된 작전으로 한국 정부가 혹은 한국군이 미국으로부터 받은 대가는 안톤이 받았다는 청부 금액과는 차원이 달랐다.

아무리 러시아가 한국에 비해 경제력이 떨어지고 달러의 가치가 높다고는 하지만, 안톤과 같은 고급 인력을 겨우 몇 만 달러에 사용한다는 것은 이해할 수 없었다.

그것도 조직과 계약을 해서 프리랜서로 풀려날 수 있는 마지막 의뢰를 그렇게 값싸게 날려 버린다는 것은 좀처럼 이해할 수 없는 일이었다.

그러다 보니 수호로서는 어떤 판단을 내려야 할지 분간이 되지 않았다.

슬레인의 보고를 그대로 믿어야 할지, 아니면 암살자를 보낸 청부 조직이 암살자의 신분을 숨기기 위해 정보 조작을 한 것인지 알 수가 없었다.

그런데 외계의 기술로 만든 인공 지능 생명체인 슬레인의 분석을 속였다고 하기에는 러시아의 기술력이 그렇게 높다고 보지 않았다.

차라리 미국 CIA가 정보 조작을 했다고 하면, 어느 정도 이해할 수 있겠지만 일개 암살 조직이 그런 정도의 기술력을 가지고 있다고는 보기 힘들었다.

그런 정도의 기술력을 가지고 있다면 그 조직은 세계에서 정보를 가장 잘 숨기는 조직일 것이다.

"안 되겠어!"

[안 되겠다니요. 그럼 어떻게 하실 생각이십니까?]

슬레인이 갑자기 소리친 수호에게 물었다.

"네 정보대로라면 그 안톤이란 자는 아주 위험한 놈이야."

언젠가 본 러시아 특수부대가, 체첸 반군 출신 테러범들이 초등학교를 점거하고 그 학교에 있던 교사들과 학생들을 인질 삼아 자신들의 지도자 중 한 명을 석방하라는 요구를 한 적이 있었다.

하지만 결과적으로 테러범들의 요구는 받아들여지지 않았고 실패로 돌아갔다.

그 이유는 러시아 정부가 절대 테러범들과 협상을 하지 않으며, 그들은 러시아 특수부대를 출동시켜 일망타진하겠다는 선언을 하였기 때문이다.

하지만 결과는 참혹했다.

러시아 특수부대의 작전은 너무나 무식했다.

다른 서방 세계의 대테러 부대들이 치밀한 작전으로

테러범들의 품에서 인질들을 무사히 구출하기 위해 노력하는 것에 반해, 러시아 특수부대의 작전은 인질의 안전은 뒤로하고 테러범들을 한 명도 놓치지 않겠다는 작전이었기 때문이다.

그 결과 테러범들을 한 명도 빠짐없이 사살할 수 있었지만, 그 과정에서 인질로 붙잡혔던 초등학생과 교사들 수백 명이 희생되었다.

정말이지 끔찍한 일이 아닐 수 없었다.

그런 무식한 러시아 특수부대 출신인 안톤 볼리쉐르 미로슬라프도 다르지 않을 터였다.

수호도 특전사에 있으면서 대테러 훈련을 받은 적이 있었다.

그리고 미국이나 다른 서방 세계 국가들과 교류를 하기도 했다.

그때 러시아 특수부대의 성향을 들을 수 있었는데, 섬세하고 디테일한 서방 세계 특수부대들과 다르게 러시아의 특수부대 작전은 목적에 충실하다는 이야기를 들었다.

수단과 방법을 가리지 않고 오로지 목적을 이루는 것이 조국을 위하는 것이란 세뇌에 가까운 교육을 받았기에, 서방 세계 특수부대와는 다른 의미로 무서운 것이 러시아 특수부대였다.

이런 생각이 떠오르자 자신이 집에 있는 것이 자칫 부모님까지 위험에 빠지게 할 수도 있다는 판단을 하였다.

"아무래도 내가 자리를 옮겨야 할 것 같아."

[그게 무슨?]

슬레인은 주인인 수호의 말을 전혀 이해할 수가 없었다.

함정을 파고 기다리면 베테랑 암살자를 쉽게 잡을 수 있는데, 익숙한 장소를 버리고 다른 곳으로 이동하겠다는 것이 상식적으로 받아들이기 어려운 사실이었기 때문이다.

하지만 슬레이브의 존재 목적은 주인을 보좌하는 것이다.

[이해하지 못하겠습니다. 설명을 부탁드립니다, 주인님.]

자신이 알지 못하는 것을 묻는 데에 전혀 거리낌이 없는 슬레인은 그에게 자세한 설명을 해 달라고 부탁했다.

"내가 이곳에서 청부업자를 기다리게 되면 자칫 부모님이 위험에 처할 수 있을 것 아냐."

[음…… 그럴 수도 있겠군요.]

슬레인은 바로 이해할 수 있었다.

그동안 슬레인이 살펴본 바에 의하면 주인인 수호는

자신으로 인해 주변이 다치거나 불이익을 당하는 걸 몹시 싫어했다.

지금도 자신의 안전보단 부모님의 안전을 위해 잠시 집을 떠나 있겠다고 말하고 있지 않은가.

[그것도 좋은 방법인 것 같습니다.]

슬레인도 수호의 이야기에 찬성하였다.

그의 판단에 주인인 수호의 정신 건강을 위해서라도 그게 좋을 것 같았기 때문이다.

[이번 일이 끝나면 창호파라는 것들도 처리해야 하니, 그들이 있는 속초시에 함정을 파는 것은 어떻겠습니까?]

"그것도 좋을 것 같군."

수호가 생각하기에도 괜찮은 생각 같았다.

어차피 현재 자신은 하는 일도 없기에 부모님께는 잠시 여행을 다녀오겠다고 하면 되는 일이니 그게 편했다.

* * *

'음, 뭐지?'

타깃이 사는 주택에서 380미터 정도 떨어진 빌딩 물탱크 위에 올라가 있던 안톤은 들고 있던 망원경에서 시선을 떼며 고개를 갸웃거렸다.

이번 청부의 타깃을 관찰하며 일주일이 지났다.

처음 의뢰를 받고 한국에 들어와 관찰한 이틀 동안 타깃은 일정한 시간에 일정한 장소로 이동을 하곤 했다.

그런데 삼 일째 되는 날부터 지금까지 집에 들어가 한 번도 밖으로 나오지 않았다.

청부를 이행하기 위해선 타깃이 밖으로 나와야 하는데, 어찌 된 일인지 밖으론 그림자조차 보여 주지 않았다.

그 때문에 안톤은 잘 사용하지 않지만 인질을 잡고 타깃을 집 밖으로 끌어낼 생각까지 하였다.

하루만 더 살펴보고 그래도 밖으로 나오지 않으면 그럴 심산이었다.

그런데 방금 전 타깃이 밖으로 나왔다.

"으음…… 젠장."

자신이 죽여야 할 타깃이 밖으로 나왔으니 바로 총을 쏘면 되었다.

하지만 안톤은 저격에 실패하고 말았다.

안톤이 저격에 실패한 원인으로는, 타깃이 조준경이 아닌 망원경으로 살필 때 나왔기 때문에 당황해 총을 들고 조준하는 시간이 지체되었다.

그 바람에 저격총을 들었을 때는 이미 수호의 모습이

다른 건물에 가려져 시선에서 벗어나 버렸다.

"후우."

철크럭.

바이크를 타고 나가는 것을 보았으니 오늘 저격은 실패한 것이나 마찬가지였다.

그래서 안톤은 물탱크 위에 거치해 났던 총을 분해하기 시작했다.

총기 소지가 불법인 한국에서 사람들에게 들키지 않기 위해선 총으로 의심받지 않는 모습으로 가지고 다녀야 했다.

그 때문에 안톤은 겉으로 보기에 악기를 담는 케이스인 커다란 가방에 총을 분해해 숨겼다.

혹시나 경찰에 의해 불심 검문을 받을 수도 있기에 케이스 안에 실제 악기도 들어 있음은 두말할 것 없었다.

저벅저벅.

총기 분해를 마치고 악기 케이스 안에 숨긴 안톤은 마치 건물 옥상에서 주변을 살펴본 사람처럼 아무렇지 않게 건물을 빠져나왔다.

훤칠한 키의 40대 중후반으로 보이는 백인이 커다란 악기 케이스를 메고 건물을 빠져나갔지만, 어느 누구도 의심하지 않았다.

빌딩 안에는 음악 학원이 존재했기 때문에 나이 든 백인이 커다란 악기 케이스를 메고 간다고 해서 의심할 사람은 아무도 없었다.

한편, 빌딩을 빠져나온 안톤은 길을 걷다 무슨 생각을 했는지 방향을 바꿔 수호의 집으로 향했다.

한참을 걸어 수호가 살고 있는 집 근처로 가까이 간 그는 주변을 살폈다. 하지만 섣불리 다가가지는 않았다.

도처에 설치되어 있는 방범 카메라들이 그의 눈에 들어왔기 때문이다.

집집마다 하나 걸러 한 개씩 설치되어 있는 방범 카메라를 본 안톤은 표정을 굳히며 돌아섰다.

정말이지 이곳 동네는 그가 살고 있는 러시아와는 너무 달랐다.

러시아의 한 개 주보다 작은 나라이지만 인구밀도는 극과 극이었다.

처음 도착한 동해시는 러시아의 항구 도시와 비슷해 보였는데, 이곳 서울은 러시아의 수도인 모스크바하고는 비교가 되지 않을 정도로 건물이 복잡하고, 인구밀도 또한 높았다.

그래서 그런지 거리를 걷다 보면 곳곳에 CCTV가 설치되어 있는 것이 보였다.

잘살다 보니 자신들의 재산을 노리는 범죄자들로부터 재산을 지키기 위해 그런 것 같았다.

하지만 이것은 안톤이 착각하는 것이었다.

아니, 100% 틀렸다고는 할 수 없지만, 그게 100% 맞는 말도 아니었다.

처음에는 그와 같은 생각으로 방범 카메라가 설치되었지만, 지금은 공공의 안전을 위한 치안 때문에 사용되고 있었다.

그렇지만 이러한 것을 알지 못하는 외국인인 안톤은 타깃의 집을 눈앞에 두고 안으로 침입할 수 없다는 것이 아깝지만 어쩔 도리가 없었다.

"이고르! 지금 불러 주는 번호의 휴대폰이 어디로 이동하는지 알아봐 줘."

안톤이 타깃의 위치를 놓쳐 버린 지금, 그가 도움을 받을 수 있는 곳은 딱 하나뿐이었다.

현지 중계인인 이고르 보부치친.

이곳에서 타깃이 돌아오는 것을 기다렸다 암살을 하든지, 아니면 타깃이 이동한 행선지를 찾아내 그곳으로 찾아가 암살을 시도할 것인지 결정을 하는 것이다.

그리고 그런 판단을 하기 위해선 현재 타깃의 위치를 아는 게 중요했다.

그래야 어떤 판단을 내릴 것이 아닌가.

'뭐야, 서울 양양 고속도로?'

중계인인 이고르로부터 연락이 와 그것을 확인한 안톤은 깜짝 놀랐다.

한국의 도로에 대해 많은 것을 알지 못하지만 그래도 몇 개는 알고 있었다.

그중 하나가 방금 전 이고르가 보내온 문자에 나오는 고속도로였다.

중개인이 머물고 있는 곳으로 가기 위해선 이곳 서울에서 양양 국제공항이 있는 곳까지 가야 한다.

이때 가장 편하고 빠르게 갈 수 있는 길이 바로 양양 국제공항까지 연결된 서울 양양 고속도로를 타면 되는 것이다.

그런데 자신이 저격을 위해 있던 빌딩에서 타깃을 놓치고 이곳까지 걸어오는 불과 몇십 분 만에 타깃은 서울을 빠져나가 고속도로를 타고 있었다.

'무슨 이유로 고속도로를 타고 달리는 것이지.'

안톤은 무엇 때문에 타깃이 고속도로를 달리고 있는지 생각해 보았다.

그가 파악하기로 그쪽으로는 그와 연관된 그 어떤 것도 없었기 때문이다.

"혹시?"

문득 이상한 생각이 든 안톤은 자신이 떠올린 것을

의심했다.

설마 자신에 대한 청부를 눈치채고 간 것은 아닌가 하는 의심을 떠올렸던 것이다.

8. 일의 내막을 알다

창문도 없이 출입구만 하나 있는 밀폐된 공간.

그렇다고 일반적으로 생각하는 음습하고 먼지와 곰팡이 냄새가 쾨쾨한 지저분한 곳은 아니다.

아니, 그런 장소와는 180도 다른 무척이나 밝고 화려한 장식들로 꾸며진 집무실이었다.

"예예, 다음 파티에는 확실하게 준비를 해 놓겠습니다."

전화를 받고 있는 신창호는 입가에 미소를 지으며 연신 전화를 건 상대에게 굽실거리고 있다.

"별말씀을 다 하십니다."

모르는 사람이 보면 죽은 아버지가 전화를 건 것으로 느껴질 절도로 비굴한 모습이다.

"그럼 삼 일 뒤에 뵙겠습니다."

딸깍.

쾅.

"개새끼!"

전화 통화를 마친 신창호는 언제 그랬냐는 듯 테이블을 내려치며 욕설을 내뱉었다.

조금 전, 자상하게 웃으며 고분고분 통화하던 모습과는 정반대였다.

하지만 통화 내역을 알게 되면 누구나 지금 신창호처럼 행동했을 것이다.

방금 신창호와 통화를 한 사람은 바로 속초시 시의원인 장신호였다.

여당인 한겨레 한마음당 소속으로, 다음 선거에는 시의원이 아닌 국회의원 출마를 할 것이 유력시되고 있는 사람이었다.

속초시 출신으로, 그의 입지는 무척 확고하여 국회의원 출마를 해도 당선이 확실했다.

그와 신창호의 관계는 물과 물고기 같은 관계였다.

물론 누가 물이고, 누가 물고기인지는 확실하지 않지만, 대체로 장신호가 하는 일을 신창호가 돕고 있었다.

그 때문에 신창호는 장신호의 일을 봐주는 대신, 약간의 이윤을 추구하고 있는 중이었다.

한때는 두 사람의 입장이 반대였던 때도 있었다.

장신호가 시의원이 되기 전으로 그는 속초시에 작은 호텔 하나를 가지고 있었다.

그런 장신호의 호텔 지하에서 신창호가 나이트클럽을 운영했다.

겉으로 보기에 호텔 사장과 그에게 세를 얻어 호텔 지하에서 나이트클럽을 운영하는 세입자로 보이겠지만, 이미 속초시를 장악하고 있던 신창호가 정상적으로 호텔에 세를 얻어 클럽을 운영하진 않았다.

그 때문에 장신호는 세도 받지 못하고 오히려 주차 관리라는 명목으로 상당 금액을 신창호의 창호파에 상납해야 했으며, 호텔 직원으로 창호파에서 소개하는 불량한 놈들을 받아야 했다.

하지만 그것도 장신호가 속초시의 시의원이 되면서 역전되었다.

시의원이라고 하니 별거 아닌 것 같아도 그렇지 않았다.

지역 사회에서 시의원의 파워는 생각 이상으로 강력했기 때문이다.

더욱이 장신호는 현 집권 여당인 한겨레 한마음당 소

속이지 않은가.

그리고 그가 있는 속초시의 시장이 바로 장신호의 사촌 형님이었다.

시의원이 되기까지 물심양면으로 도움을 준 이가 바로 속초 시장 장선호다.

그런데 이상한 것은 시장이 사촌 형님으로 있는데, 장신호가 신창호에게 그렇게 어려움을 겪으면서도 이야기하지 않았다는 점이다.

하지만 장신호가 이야기하지 않은 것에는 다 이유가 있었다.

장신호가 신창호를 알게 된 것이 바로 사촌 형이자 속초 시장인 장선호였기 때문이다.

신창호 또한 장신호의 사촌 형이면서 속초 시장인 장선호와 호형호제할 정도로 친하게 지내던 사이다.

그러니 신창호에게 제대로 대접도 받지 못하고, 또 계약된 돈도 받지 못하면서 끙끙 앓고 있었다.

그렇지만 그런 관계도 장신호가 시의원이 되면서 바뀌었다.

시의원이 된 이상 굳이 사촌 형인 장선호에게 아쉬운 소리를 하지 않고, 자신의 손으로 조폭 두목인 신창호를 손볼 수 있는 권력을 손에 쥐었기 때문이다.

전에는 사촌이라고는 하지만 자신보다 쓰임새가 많은

신창호를 더 챙기는 모습을 보이던 장신호도 시의원이 되면서 자신에게 좀 더 신경 쓰고 있었다.

이는 자신의 시 운영을 편하게 하기 위해 한 사람의 시의원이라도 자신의 편으로 만들어야 하는 입장에선 당연한 수순이었다.

그러다 보니 지금처럼 관계가 역전되고 말았다.

더욱이 장신호는 한겨레 한마음당 중앙에까지 인맥을 넓히며 기초 의원이 아닌 국회의원으로, 한겨레 한마음당 강원도 동북 지역 후보가 유력시되고 있었다.

그러니 지금처럼 신창호가 장신호에게 굽실거리는 것이다.

띠이—

잠시 분을 삭인 신창호는 인터폰을 눌러 부두목인 남상호를 찾았다.

"상호 좀 이리로 오라고 해!"

호출한 지 5분도 되지 않아 부두목인 남상호가 그의 집무실로 찾아왔다.

"부르셨습니까."

안으로 들어온 남상호는 전혀 억양의 변화도 없이 물었다.

"상호야, 다른 애들에게 맡기지 말고 이번에는 네가 직접 파티에 데려갈 아이들 좀 수배해 봐라."

다른 때 같으면 절대로 시키지 않았을 명령을 남상호에게 내렸다.

신창호가 이런 일에 부두목인 남상호를 쓰지 않았던 것은 아무리 오래 데리고 있었다고 하지만 솔직히 남상호가 부담되었기 때문이다.

지금의 자리에 오르기 전이라면 모르겠지만, 현재 속초시에서 그에게 위협이 되는 사람 중 가장 위험한 존재라면 다른 경쟁 조직의 우두머리가 아닌 자신의 밑에 있는 남상호였다.

조직 내에 인망도 두텁고, 또 남상호 또한 자신 못지않은 야심가라는 것을 알기에 가장 경계를 하고 있었다.

그러니 자신이 그랬던 것처럼 윗선과 연결되어 언제든 자신의 자리를 노릴 수도 있는 남상호가 그들과 연결되지 못하게 사전에 막고 있었다.

그 증거로 지금까지 이와 비슷한 일은 행동 대장인 남창욱이 맡아서 하였는데, 얼마 전 사고를 치고 말았다.

중요한 파티에 점찍은 여자들을 데려오지 못하고 오히려 사고를 쳐 경찰서에 붙잡히고 말았다.

그 때문에 신창호는 윗선에 아쉬운 소리를 해야만 했다.

어찌 되었든 조직의 보스로서 자신의 지시를 받고 나갔던 동생들을 그냥 나 몰라라 할 수는 없는 일이지 않은가.

그렇다고 지금에 와서 그런 일을 실수했던 남창욱에게 시킬 수도 없었다.

그러니 어쩔 수 없이 조직 내에서 그와 같은 일을 할 수 있는 남상호에게 시키는 도리밖에 없었다.

"원래 그건 창욱이가 하던 일 아닙니까?"

남상호는 속으로 좋은 기회가 왔다고 생각했지만, 그것을 바로 OK하고 받아들이면 좋은 꼴을 보지 못한다는 걸 알고 있었다.

그래서 자신은 하기 싫다는 듯 뒤로 뺐다.

"이번에 무척이나 중요한 일이다. 저번에 창욱이가 실수하는 바람에 분위기가 좋지 못한 것 너도 잘 알지 않냐?"

신창호가 인상을 구기며 이야기하였다.

"다음에는 창욱이 시킬 테니, 기분 나쁘더라도 이번만 네가 좀 해 줘."

스윽.

이번만 부탁한다며 테이블 밑에서 돈뭉치를 꺼내 남상호 앞으로 밀었다.

5만 원권 뭉치 열 개였다.

5천만 원은 크다면 크고, 작다면 작다고 할 수 있는 액수다.

하지만 그것이 속초시라고 하면 또 작지 않은 금액이라 할 수도 있었다.

"이건 파티에 부를 꽃값이고……."

투욱.

"이건 네 수고비다."

처음 5천만 원은 파티에 부를 여자들의 몸값으로 주었고, 두 번째 돈뭉치는 부두목인 남상호에게 수고비로 주는 것이었다.

그런데 어쩐 일인지 수고비로 주는 금액이 남상호의 예상보다 컸다.

"아니, 무슨 이런 일로……."

예상보다 많은 수고비로 내놓은 신창호의 모습에 상호는 깜짝 놀라 물었다.

"이젠 너도 우리 조직의 부두목인데, 동생들에게 뭔가 보여 주는 것이 있어야 하지 않겠냐?"

자기 딴에는 생각해서 하는 말이었지만, 사실 알고 보면 남상호를 무시하는 말이었다.

남상호가 어제오늘 창호파의 부두목의 자리에 오른 것이 아니다.

막말로 신창호가 지금의 자리에 오르는 데 가장 큰

공을 세운 이가 바로 남상호였다.

하지만 신창호가 지금의 자리에 오른 뒤 가장 경계한 이도 남상호였다.

그래 놓고선 이제 와서 동생들에게 면을 세우라며 돈을 주는 신창호의 모습에 남상호는 아무런 소리도 못 하고 조용히 듣기만 했다.

"참, 그런데 그건 어떻게 되고 있다고 하냐."

신창호는 밑도 끝도 없이 주어를 빼고 물었다.

그의 질문을 받은 남상호는 그의 말을 찰떡같이 듣고 대답하였다.

"청부 금액이 오르긴 했지만, 바로 작업에 들어간다고 합니다."

"젠장, 설마 그놈이 그렇게 대단한 놈인 줄 알았으면 의뢰하지 않는 것인데."

그랬다.

신창호는 제 분을 이기지 못해 자신의 일을 망친 수호에게 어떻게든 본보기를 보이려고 청부를 하였다.

하지만 쉽게 생각했던 일을 뒤늦게야 알게 되었다.

자신이 상대를 잘못 판단했다는 것을 말이다.

단순히 경호업체 직원 정도로 생각했던 대상이 사실은 국가에서 무공 훈장을 줄 정도로 엄청난 사람임을 뒤늦게 깨달았던 것이다.

하지만 그 사실을 늦게 깨달았다 해서 일을 멈출 수는 없었다.

일을 시작하지 않은 상태에서는 잠시 체면을 구기는 정도로 넘길 수 있었지만, 청부업자에게 돈을 지불하고 의뢰를 마친 상태에서는 다른 방도가 없었다.

이미 이 바닥에 소문이 쫙 깔린 상태에서 뒤로 무르는 것은 폼생폼사하는 이쪽 계통의 관례상 있을 수 없었다.

어쩔 수 없이 추가로 돈이 깨졌다.

처음 의뢰비보다 무려 네 배나 높은 가격으로 말이다.

그쪽 평균가에도 미치지 못하는 금액이라고 하니 어쩌겠는가.

자신들이 제대로 조사하지 못하고 의뢰한 잘못이 있기에 어쩔 도리가 없었다.

"그래도 이번에 러시아에서 들어온 업자가 그쪽에선 스페셜리스트라 합니다."

"그래? 그럼 다행이고. 하지만……."

"무슨 말씀인지는 알겠는데, 킬러도 러시아에서 특수 훈련을 받은 자라고 하니 괜찮을 것입니다."

남상호는 중개인에게 이번에 한국에 들어온 자가 러시아에서도 손에 꼽을 정도로 유명한 킬러이면서, 구소련의 특수부대인 스페쯔나츠 출신의 전문가라 하였다.

스페쯔나츠라면 미국의 그린베레나 네이비 씰, 영국의 SAS에 버금가는 소련의 특수부대다.

더욱이 스페쯔나츠는 미국이나 영국의 특수부대처럼 정보가 알려진 것에 비해 이름만 남아 있기에 더 신비하고 두려운 존재라 할 수 있었다.

그에 비해 대한민국 특전사는 국내에서만 특수부대라고 알려져 있다.

아니, 해병대에 비해 잘 알려진 것이 없기에 더 낮게 취급되기도 했다.

그러다 보니 러시아의 스페쯔나츠 출신의 청부업자에 비해 상대적으로 수호의 존재감이 낮게 취급되었다.

"그렇다면 뭐…… 그놈들이 잘 처리하겠지."

신창호는 고개를 끄덕이며 남상호의 말에 동조하였다.

그에게는 러시아의 스페쯔나츠가 더 그럴싸하게 들리기도 했다.

그러니 잘 알려지지 않은 특전사 출신의 수호보다 더 대단할 것이라 짐작할 뿐이었다.

하지만 신창호나 남상호는 알지 못했다.

사신이 자신들의 곁으로 다가오고 있다는 것을 말이다.

*　　　　*　　　　*

　"어머니, 죄송해요."

　서울 양양 고속도로를 달리던 수호는 중간에 휴게소에 멈춰 집으로 전화를 걸었다.

　괜히 자신 때문에 부모님에게 무슨 일이 생길지 몰라 연락했던 것이다.

　"당분간은 집에 들어가지 마시고, 아버지하고 다른 곳에서 지내세요."

　혹시라도 청부업자가 자신의 행방을 찾기 위해 부모님을 인질로 잡을 수도 있고, 또 다른 이유로 부모님께 피해가 갈 수도 있기에 일이 끝날 때까지 부모님을 다른 곳으로 모시기 위해 거짓말을 하는 중이었다.

　"가스도 새고 또 수도관도 파손되어 집에서 지내기 불편할 것이니, 제 말대로 하세요."

　수호는 혹시나 모르는 일이기에 집에서 일을 봐주시는 도우미 이모에게도 휴가를 주었다.

　그리고 마지막으로 집을 나올 때 조금 전 이야기했던 가스관과 수도관을 파손시켰다.

　"집에 가서 봐야 제대로 주무시기도 힘들어요. 주연 이모도 제가 휴가 보냈어요."

가사 도우미인 최주연도 휴가를 주었다는 말에 박은혜도 어쩔 수 없이 알겠다는 대답을 하였다.

그런 어머니의 대답을 들은 수호는 일주일 뒤에 보자는 말을 남기고 전화를 끊었다.

물론 아버지께는 어머니에게 이야기해 달라고 부탁하였다.

회사를 나와 창업을 한 남편을 돕기 위해 나선 박은혜는 더 이상 집에만 있는 전업 주부가 아니었다.

오랜만에 전업 주부에서 예전 처녀 시절 커리어우먼으로 활동하던 때로 돌아간 것 같아 현재 박은혜는 삶에 활력을 느끼고 있었다.

해외에서 조난을 당했다 돌아온 아들은 더 이상 자신이 돌봐야 할 어린 아들이 아니었다.

집으로 돌아온 후, 한동안 두문불출하던 아들은 어느새 다시 세상 밖으로 나가 날개를 펼치며 하늘을 날기 시작했다.

그리고 예전의 인연으로 회사에 들어가 교관 일을 하였다.

뿐만 아니라 TV 출연도 한다고 했다.

연말 특별 프로그램이라고 했기에 조만간 볼 수도 있을 것이라 말하였다.

무엇보다 필리핀에서 조난을 당했을 당시, 우연히 촬

영을 한 야생의 법칙이 TV를 통해 송출되었다.

원래 TV를 잘 시청하지 않던 정중현과 박은혜였지만 아들이 나온다는 이야기에 일찍 집에 들어와 시청을 하였다.

사고 전 수호는 집에 하루 종일 틀어박혀 은둔 생활을 하였다.

그런데 TV 속에서 보이는 수호의 모습은 그런 그늘은 온데간데없고, 수많은 연예인들 속에서도 빛이 났다.

수호의 정체를 모르고 본다면 톱모델이나 톱스타가 출연한 것으로 보일 정도로 그야말로 군계일학이었다.

그 뒤로 중현이나 은혜는 아들에 대한 걱정을 덜었다.

더 이상 그들의 아들은 자신들이 걱정하거나 돌봐야 할 아들이 아니었기 때문이다.

사실 직업 군인이 되겠다는 아들의 이야기를 들었을 때는 철이 없다고 생각했었다.

그리고 직업 군인이 되어 해외 파병을 나가게 되었을 때, 그 누구보다 아들의 안위를 걱정했다.

뉴스를 볼 때마다 하루에도 몇 번씩 해외 파병을 간 미군이 이라크나 시리아 등지에서 테러와의 전쟁으로 많은 군인들이 희생되고 있다는 소식이 들려왔다.

그때마다 두 사람은 자신의 아들에게 무슨 일이 생기

는 것은 아닌지 노심초사했다.

그런데 아니나 다를까, 실제로 아들 수호가 작전 중 테러범이 쏜 총에 맞아 장애 판정을 받았다.

그 뒤로는 두말하면 잔소리였다.

그러던 아들이 이제는 예전의 빛나던 시절보다 더 자신의 위치에서 빛을 내고 있으니 기껍지 않을 수 없었다.

"저도 일한다고 보지 못했던 강원도 일대나 구경하고 일주일 뒤에 들어갈게요."

수호는 그렇게 일주일 뒤에 집으로 들어가겠다는 말을 하였다.

고장 난 곳은 업자들에게 의뢰를 하고 돈도 다 온라인으로 보냈으니, 걱정하지 말라는 말과 함께 말이다.

그렇게 부모님과의 통화를 마친 수호는 다시 원래의 목적지인 속초로 달렸다.

자신을 귀찮게 만든 창호파에 확실하게 자신을 인식시켜 줄 계획을 가지고 말이다.

＊　　　＊　　　＊

설악의 단풍도 절정을 지나 앙상한 가지를 드러내기 시작했다.

이른 아침 한 바퀴 돌고 온 수호는 운동하면서 흘린 땀을 샤워로 씻어 냈다.

"슬레인."

샤워를 마치고 욕실을 나온 수호는 슬레인을 불러 밤새 창호파에 대해 알아낸 것을 물었다.

"창호파란 놈들이 무엇 때문에 이렇게 열을 올리고 있는 것인지 알아냈어?"

[네. 주인님. 창호파에서 무리하게 플라워즈란 여자 아이돌 그룹을 납치하려던 배경에는 이번에 속초시에서 추진하는 해상 카지노 건설 계획과 연관이 있는 것으로 파악이 되었습니다.]

어젯밤 호텔에 도착한 수호가 창호파에 대한 전반적인 조사와 자신에 대한 살인 청부에 대해 슬레인에게 조사를 명했다.

자신은 특별한 이권과 연관이 없고 단순히 납치를 하던 걸 막았던 것뿐인데, 암살 의뢰를 했다는 것이 뭔가 앞뒤가 맞지 않았기 때문이다.

더욱이 창호파는 속초시에서나 알아주는 조폭이지 전국적으로 따져도 그와 비슷한 조직은 흔했다.

그런 폭력 조직이 자신들의 일을 방해받았다고 외국에 살인 청부를 했다는 것이 이해가 가지 않았고, 무엇보다 청부 금액도 처음 5천만 원 정도에서 그 네 배인 2억으로 껑충 뛰었다.

2억 원은 지방 조직이 이득도 없는 곳에 사용하기에는 무척이나 큰 금액이었다.

자신을 죽여 봐야 그저 자존심 하나 세우는 것밖에는 없었다.

그럼에도 이런 일을 감행한다는 것은 그 이상의 뭔가 얻을 것이 있다는 의미였기에 수호는 그게 무엇인지 알아보기 위해 슬레인에게 조사하라고 명령을 내렸던 것이다.

그런데 느닷없이 속초시에서 계획하는 해상 카지노가 언급되자 수호는 의아한 생각이 들었다.

"속초시에서 계획하는 해상 카지노와 창호파가 무슨 연관이 있다는 거지? 그리고 그게 나에 대한 청부와는 무슨 관계고?"

문득 떠오른 의문에 깊은 관심을 표하며 물었다.

[속초시가 해상 카지노를 오픈하려는 것은 시의 재정 자립도를 높이기 위한 일환으로, 러시아에서 자금을 끌어들여 카지노 운영을 하겠다는 계획입니다.]

"그게 가능해? 한국에서 카지노의 인허가는 받기 힘들 텐데?"

수호는 자신이 알고 있는 것을 떠올리며 물었다.

한국에서 카지노라 하면 거의 대부분이 내국인은 출입할 수 없는 외국인 전용이다.

내국인이 들어갈 수 있는 카지노는 강원도에 있는 정선 카지노가 유일했다.

물론 다른 지자체에서 내국인도 출입할 수 있는 카지노를 개장하려던 노력을 시도했었다.

하지만 모두 반대에 의해 사업이 무효화되었다.

여당 쪽에서 찬성을 하면 야당에서 반대하고, 또 그와 반대로 야당이 찬성을 하면 여당이 다른 이유를 대며 반대했기 때문이다.

이 모든 것은 그 지역 권력을 어느 당이 잡고 있느냐에 따라 입장이 서로 바뀌었다.

그런데 속초시에서 이런 걸 잘 알면서 다시 카지노 운영을 준비하고 있다는 소리에 이상함을 느꼈다.

"설마 야당에서도 찬성을 한 것이야?"

수호는 혹시나 하는 생각에 물어봤다.

그가 아는 상식에서는 절대로 그런 일이 벌어지지 않을 것을 알지만 사람 일이란 모르는 것이 아닌가.

그런데 슬레인에게서 들은 답변은 정말 뜻밖이었다.

[네. 맞습니다. 현재 속초시의 해상 카지노 건설 계획을, 속초 시장은 물론이고, 차기 강원 북부 지역 국회의원 후보로 유력시되는 한겨레 한마음당의 장신호와 민주 승리당 소속 시의원인 양현식 등 속초시 의원 대다수가 찬성하고 있습니다.]

"그렇다고 해도 정부에서 허가를 해 줄까?"

아무리 시장과 시의원들이 모두 합심하여 계획을 추진한다고 해도, 중앙 정부에서 이를 허가할지는 미지수였다.

[하지만 이번 속초시의 계획은 80% 이상 추진이 가능할 전망입니다.]

"응, 그건 또 무슨 말이야?"

수호는 깜짝 놀랐다.

웬만한 정치적 거래로 카지노 인허가는 쉽게 결정이 나지 않는다.

어느 쪽에도 치우침 없이 이득이 균등하게 분배되지 않는 이상, 도박이 불법인 대한민국에서 도박장(카지노) 설립을 허가한다는 건 말이 되지 않기 때문이다.

정부가 도박이 불법이라 했으면서 그것을 조장하는 카지노를 허가했다는 건 국민으로 하여금 정부에 대한 불신을 키울 수 있는 문제였다.

더욱이 카지노에 흘러들어 간 돈은 자칫 검은돈을 세탁하는 창구로 이용될 수도 있기에 이는 신중하게 접근해야 해서 카지노 설립을 원하는 곳은 많아도 쉽게 인허가를 받지 못하는 것이다.

[속초 시장은 그런 문제를 러시아에서 카지노 설립 자금을 들여와 해결하려고 하고 있습니다.]

"아."

카지노 설립 자금이 러시아 자금이란 것을 듣고 드디

어 이해할 수 있었다.

국내 자본으로 도박장을 개설하게 된다면 분명 국민적 저항을 받겠지만, 외국 자본이라면 또 이야기가 달라진다.

잘만 포장하면 외국의 자본(달러)을 들여와 일자리 창출을 할 수 있다고 선전할 수도 있기 때문이었다.

그 과정에서 카지노 운영 인허가를 둘러싼 리베이트가 전달될 것이니, 여당이나 야당이나 그리고 일을 추진하는 속초시의 입장에서는 나쁠 게 없었다.

그렇기에 속초 시장과 시의원들, 그리고 속초시에 있는 조폭까지 섞여 있는 것이다.

특히나 속초시를 주름잡고 있는 창호파의 경우, 실제로 속초시에서 계획한 해상 카지노가 제대로만 추진된다면 막대한 콩고물을 얻을 수 있었다.

카지노 사업에 조폭이 빠질 수 없다.

다만 창호파는 속초시에서만 활동하는지라 카지노 사업에서 주체로 운영을 할 순 없겠지만 카지노를 드나드는 고객들의 차량을 관리하는 주차 관리나 카지노에 딸린 쇼걸들을 관리하는 것만으로도 지금과는 비교도 되지 않을 거금을 만질 수 있을 터였다.

그렇게만 된다면 서울의 거대 조직에 부럽지 않은 생활을 영위할 수도 있었기에 무리하게 이권을 차지하기 위해 플라워즈를 납치하려던 것이다.

그들을 이번 해상 카지노 건설을 기획하고 있는 높은 양반들이 벌이는 파티에 선보이기만 해도 자신들의 역량을 피력할 수 있기 때문에 무리해서라도 데려가려고 하였다.

그러던 것이 우연히 그곳을 지나던 수호에게 걸려 남창욱을 비롯한 깡패 일곱 명이 제대로 힘도 써 보지 못하고 모두 제압되어 경찰서에 끌려갔다.

그때부터 창호파의 계획이 삐걱거리기 시작하였다.

그래도 속초시에서는 최고의 조직이 창호파였는데, 체면을 구겼으니 자칫 프로젝트에서 배제될 수도 있었다.

그러니 창호파의 두목인 신창호의 입장에선 자신의 건재를 알려야만 하는 상황에 놓였다.

"그러니까 지금까지의 모든 것이 자신들만 잘살아 보겠다고 계획한 시장과 시의원들 때문에 벌어진 일이라고?"

[네. 주인님의 판단이 맞습니다.]

참으로 어처구니없는 일이었다.

정선에 있는 카지노로 인해 그 지역 주민이 어떤 상황에 처했는지 뻔히 결과가 나와 있음에도 불구하고 속초시의 시장과 시의원들이 속초시 앞 해변에 해상 카지노를 건설하겠다는 계획을 세우고, 또 정부에서는 이런 것을 허가하기 위해 검토 중이라는 말에 기가 막혔다.

재정 자립도 무척이나 중요하지만 이건 아니었다.

다른 방법으로 지방 정부의 재정 자립도를 올리는 길은 많았다.

지역 경제 발전을 위해 특산품 개발과 일자리 창출을 위한 기업 유치 등 찾아보면 길이 있었다.

그렇지만 연구는 하지 않고 쉽게 지름길로 가려니 특색도 없는 축제로 예산을 낭비하는 것은 물론이고, 사용 목적에 맞지도 않는 거대한 건축물이나 조형물을 제작하는데 예산을 탕진하였으니, 재정 자립도가 떨어지는 것은 당연한 일이다.

이번 속초시의 해상 카지노 건설도 마찬가지다.

겉으로는 지역 경제를 살리기 위해 추진한다고 하지만, 정선 카지노가 그랬던 것처럼 카지노는 지역 경제를 살리기보단 오히려 지역 경제를 더욱 악화시킬 것이고, 도박으로 인한 가정 파괴와 범죄의 소굴로 바뀔 터였다.

"혹시 내가 더 알아야 할 내용이 있나?"

한참 슬레인에게 들었던 이번 일과 연관된 것을 생각하던 수호가 다시 한번 물어보았다.

[러시아에서 들어오기로 한 카지노 건설 자금과 러시아 무희들을 공급

하는 업체가 의심스럽습니다.]

슬레인이 카지노 건설에 들어가는 러시아 자금과 카지노에서 접객을 하고 또 쇼를 펼칠 러시아 무희들에 대한 의구심을 드러내자 수호는 눈을 반짝였다.

"응, 그건 또 무슨……."

[카지노 건설을 위해 속초시와 접촉하고 있는 러시아의 사업가인 알렉세이 골로초프가 운영하는 졸라따 카롭카(золотокоробка, 황금 상자)는 베르쿠뜨(беркут, 황금 독수리)가 관리하는 회사입니다.]

"베르쿠뜨?"

[예, 베르쿠뜨는 러시아 동부 지역에 자리 잡고 있는 레드 마피아로, 러시아 극동군 출신 야전군 사령관인 빅토르 에밀리아넨코 흐르마네프가 그 수장으로 있어 레드 마피아 중에서 세 손가락에 들어가는 아주 거대한 조직입니다.]

수호는 창호파라는 대한민국의 아주 작은 지역 조폭의 이야기를 하다, 갑자기 러시아의 거대 마피아의 이야기를 듣자 깜짝 놀랐다.

"설마 그놈들이 이번 일과 관련이 있다고?"

너무 놀란 나머지 수호가 물었다.

[실제로 그들의 자금이 들어왔는지는 아직까지 계획 단계이기에 알 수 없지만 관련이 없다고 단정할 수는 없을 것 같습니다.]

"흠……."

수호는 이야기를 듣고 작게 신음을 흘렸다.

집을 떠나 이곳 속초까지 오면서 세워 두었던 계획은 잠시 보류해야 할 것 같았다.

자신은 그저 창호파라는 지방의 조폭들이 자신에 대한 보복으로 청부업자를 고용했다는 것에 짜증이 나 위험을 치우기 위해 이곳까지 왔다.

원인을 제거하면 청부업자는 남은 돈을 받을 길이 없기에 그냥 의뢰를 포기할 것으로 생각했기 때문이다.

그런데 자세한 내막을 살펴보니 자신이 잘못 생각한 부분이 있는 것 같았다.

설마 이번 일이 이렇게까지 확대될 수 있는지 처음 알았다.

막무가내로 일을 벌였다가는 자칫 세계 폭력 조직 중 수위에 드는 레드 마피아와 싸워야 될지도 몰랐다.

그것도 단순한 지방의 조직이 아닌 러시아의 거대 조직과 말이다.

물론 그렇다고 해서 수호가 겁을 먹은 것은 아니다.

막말로 혼자라고 하지만 자신의 능력이 그들에 비해 떨어진다 생각지 않았다.

인간 이상의 신체 능력에 특수부대 출신으로 수많은 총기류를 다루어 봤다.

뿐만 아니라 외계인의 도움으로 인간의 능력을 초월한 능력을 가지게 되면서 몇 가지 방면에서 전문가 이상의 지식도 쌓았다.

그중 가장 잘하는 것이 군용 전술, 폭발물 제작과 화학 등이었다.

다른 여러 가지 학문도 있지만 그중 가장 자신 있는 것들이었다.

한마디로 미국의 히어로 코믹스의 주인공 중 하나인 징벌자와 비슷하다 할 수 있었다.

물론 수호 본인이 코믹스의 히어로 징벌자보다 더 업그레이드되었지만 말이다.

하지만 슈퍼 히어로에게 한 가지 약점이 있듯, 수호에게도 약점은 있었다.

그것은 바로 그의 부모님이었다.

그러니 이번 일을 신중하게 처리해야만 했다.

*　　　　*　　　　*

타깃의 집을 밤새 지켜보았다.

중개인인 이고르로부터 타깃이 이동한 곳을 알게 되었지만, 길이 엇갈릴 수도 있기에 혹시나 해서 하루 동안 그의 집을 지켰던 것이다.

집으로 돌아오면 바로 암살하기 위해서였다.

하지만 역시나 짐작대로 타깃은 돌아오지 않았다.

'역시나 특수부대 출신이라 그런지 자신의 상황을 파악한 것인가.'

안톤이 생각하기엔 그것밖에 없었다.

그렇지 않고야 타깃이 의뢰인이 머물고 있는 도시로 갈 이유가 없었다.

아주 우연히 그곳으로 여행을 갔을 수도 있지만 안톤은 그런 우연을 믿지 않았다.

그러니 생각할 수 있는 것은 하나, 자신이 살인 청부의 타깃이 되었음을 알고 그 원인을 제거하기 위해 움직였다고 볼 수밖에 없다.

그렇다면 굳이 여기에 머물 이유가 없었다.

아직까지 브로커로부터 의뢰 중단의 연락이 오지 않았으니, 타깃이 일을 벌이기 전에 먼저 움직여야만 했다.

자칫 타깃이 먼저 의뢰인을 제거하게 되면 자신은 한국까지 와서 고생한 것이 헛일이 되기 때문이었다.

더욱이 착수금으로 받은 돈도 조직에 넘겨줘야 하며, 또다시 마지막 의뢰를 기다려야만 한다.

이런 문제들 중 안톤이 걱정하는 것은 계약금을 돌려주는 것이 아니었다.

돈이라면 다른 일을 해서도 벌 수 있었고, 그것이 아니더라도 프리랜서가 되어 다시 청부를 받아 돈을 벌면

된다.

조직에서 벗어나는 마지막 임무는 쉽게 받을 수가 없어, 이번 의뢰도 1년 만에 받은 것이다.

계약된 의뢰가 많았을 때는 한 달에 몇 번씩 의뢰했던 조직도 계약된 그의 의뢰 숫자가 열 번 정도 남았을 때부터 쉽게 의뢰를 주지 않았다.

이번처럼 한 사람을 암살하는 의뢰는 더더욱 말이다.

물론 이번 의뢰가 쉽다고는 할 수 없지만, 그렇다고 혼자서 다른 사람의 도움도 받지 못하고 군 장성이나 마피아 두목을 암살하는 의뢰에 비하면 쉬운 편이었다.

막말로 군 장성이나 마피아 두목을 암살하고 무사히 그곳을 빠져나오는 것은 생각보다 어렵다.

그들의 주변에는 많은 사람들이 있었고, 특히나 그들은 많은 사람의 보호는 물론이고, 강력한 방호 장비를 갖추고 있는 사람이기에 쉽게 저격도 할 수 없다.

그런 임무가 주를 이루었어도 지금까지 살아남은 것은 많은 행운이 따랐기 때문이다.

안톤에게 적절한 행운이 따르지 않았다면 그는 지금 이곳에 있지 못하고 또 그의 가족도 무사하지 못했을 것이다.

그러니 어떻게 해서든 이번 의뢰를 무사히 마쳐야만 했다.

그것이 청부업자로서 자신과 가족을 지키는 길이었기에.

척척.

결심이 선 안톤은 급히 장구류를 챙겼다.

타깃이 의뢰인을 죽이기 전, 먼저 기다렸다가 타깃을 제거해야 하기 때문이었다.

9. 작전 개시

바닷가에서 신선한 어패류와 함께 술을 마시던 관광객들도 늦은 밤이 되니 하나둘 몸을 추슬러 숙소로 향했다.

그러자 가게 주인들도 손님이 떨어지는 시간이라 자리를 정리하였다.

하지만 그런 이들과 달리 꼼짝도 않고 연신 술을 마시는 이들이 있었으니, 이곳 속초시에서 활동하는 창호파 조직원들이었다.

아니, 정확히 말하면 행동 대장인 남창욱과 그의 부하들이었다.

그런데 며칠 사이 이들의 꼬락서니가 불쌍하게 되었다.

조직의 3인자였던 남창욱이 한 번의 실수로 비 맞은 개처럼 꼴이 말이 아닌 것이다.

탁.

"젠장!"

소주잔을 단번에 털어 넣은 남창욱이 잔을 거칠게 테이블에 내려놓으며 소리쳤다.

불과 며칠 전까지만 해도 그는 이곳 속초시에서 잘나가는 조폭이었다.

그러던 그가 하루아침에 신세가 바뀌었다. 아니, 바뀐 것은 없었다.

다만, 조직 내에서 그의 입장이 예전만 못해졌다.

전에는 조직의 두목인 신창호의 신임을 받으며, 그 아성이 부두목인 남상호에 버금갈 정도로 높았다.

그러던 것이 신창호가 맡긴 일을 단 한 번 실수했던 것 때문에 두목인 신창호나 부두목 남상호의 밑에 있는 아이들에게까지 대우를 받지 못하게 되었다.

건달은 폼으로 살고 또 폼으로 죽는다고 했다.

일본 말로 가오가 살아야 건달은 죽지 않는다고 했다.

하지만 그는 실수 한 번 때문에 많은 부하들이 보는

앞에서 두목인 신창호에게 개 맞듯이 맞았다.

보통은 실수를 해도 동생들이 보는 앞이 아닌, 따로 불러 훈계하는 것이 관례였다.

그렇지만 신창호는 원래 태생부터 배우지 못하고 거친 성격이라 그런 것이 없었다.

제 기분 내키는 대로 앞뒤 보지 않고 성질을 폭발시켰다.

이번 일을 겪기 전까지만 해도 조직의 보스라면 그럴 수 있다고 남창욱은 생각했었다.

그런데 자신이 그 일을 겪고 나니 당연하다고 했던 생각이 쏙 들어갔다.

아니, 그런 생각이 나지 않는 정도가 아니라 신창호에 대한 반감이 피어올랐다.

명색이 그는 조직의 3인자였다.

그리고 신창호는 언제나 자신이 믿는 건 행동 대장인 남창욱뿐이라고 말했었다.

하지만 지금은 어떤가.

한 번 실수한 것으로 3인자인 자신을 어떻게 대했는가.

자신이 받은 대우는 절대 조직의 3인자에 대한 경우가 아니었다.

"형님, 많이 드신 것 같습니다."

남창욱의 모습을 보다 못한 신욱이 말렸다.

"마, 나 안 취했다."

자신을 말리는 신욱의 말에 창욱은 마치 상처 받은 늑대가 하울링을 하는 것처럼 으르렁거렸다.

"저도 형님이 어떤 기분인지 잘 압니다."

신욱은 조금 전보다 더 나지막한 목소리로 창욱만 들리게끔 말했다.

"뭐?"

남창욱은 대뜸 소리쳤다.

네가 건방지게 무슨 소리를 하냐는 듯한 뉘앙스를 섞어 소리쳤던 것이다.

하지만 그런 남창욱의 호통에도 신욱은 전혀 표정 변화 없이 이야기를 이어 갔다.

"솔직히 말해서 겨우 실수 한 번 한 것 가지고 형님이나 저희에게 이럴 수는 없는 것입니다."

평소 두목인 신창호의 대우에 불만이 있었는지 그것을 토로하였다.

"그동안 형님이나 저희나 얼마나 많이 큰형님이 시키는 일을 아무런 불만 없이 따랐습니까."

마치 남창욱에게 물어보듯 자신들이 얼마나 열심히 했는지를 피력했다.

하지만 그것은 남창욱의 대답을 듣기 위해 한 말이

아니었다.

"더욱이 일을 시켰으면 수고했다고 말 한마디라도 했습니까. 약속한 수고비라도 제때 줬습니까?"

한 번 입을 열기 시작하자 신욱의 입은 거침이 없었다.

"상호 형님 밑에 있는 태식이에게 전해 들은 이야기가 있는데 말입니다."

이야기를 하던 중 신욱이 몸을 창욱이 있는 쪽으로 기울이더니 목소리를 낮추며 말했다.

"내일 파티에 부를 아이들 모집하는데, 5천을 주었다고 합니다."

"뭐, 5천?"

"네. 그것도 애들 부르는 값으로만 5천이고, 상호 형님에게는 따로 1천을 주었다고 합니다."

"헐."

이야기를 모두 들은 남창욱은 놀라 두 눈을 부릅떴다.

자신에게는 그 여자 아이돌을 데려오라고 1천만 원을 주었고, 그중 수배하고 남은 금액으로 수고비나 하라고 했었다.

사실 남창욱이 동생들을 데리고 플라워즈를 납치하려고 했던 것도 이런 이유 때문이었다.

큰형님이자 두목인 신창호가 시킨 일이기에 어떻게든 성사시키려 하였다.

하지만 알아보니 플라워즈의 지방 행사비가 1,400만 원이나 했다. 그들이 부르는 값만 해도 400만 원이나 마이너스였다.

어쩔 수 없이 신창호의 명령으로 아이돌인 플라워즈를 부르긴 했지만, 그다음은 어떻게 할 수가 없자 협박을 했던 것이다.

인원도 많고 하니 겁을 주어 순순히 말을 듣게 하려고 했는데, 설마 행사가 끝나자마자 바로 도망을 칠 줄은 예상치 못했다.

도망치는 그들을 추적해 가평 인근에서 붙잡을 수 있었지만 하늘은 그의 편이 아니었다.

어렵게 따라가 붙잡는데 성공은 했지만, 마침 그곳을 지나던 목격자가 있었던 것이다.

그렇지만 남창욱은 걱정하지 않았다. 목격자는 한 사람이었기 때문이다.

남창욱은 때마침 나타난 목격자가 운이 없었다고 생각하며 동생들에게 명령하였다. 목격자를 처리하라고 말이다.

그런데 이게 어떻게 된 일인가.

단 한 사람에게 자신은 물론이고, 동생들까지 모조리

붙잡히고 말았다.

그렇지만 그때까지도 남창욱은 걱정하지 않았다.

이미 경찰도 손을 써 둔 상태였기에 금방 풀려날 수 있었다.

하지만 남창욱의 불행은 그렇게 끝나지 않았다.

조직으로 돌아온 뒤, 그의 불행은 다시 시작되었다.

평소 자신만 믿고 있다던 신창호는 거침없이 자신과 동생들을 골프채로 폭행했다.

조직 간의 전쟁 때도 그렇게까지 무기를 휘두르지 않던 신창호가 자신과 동생들을 다른 조직원들이 보는 앞에서 폭행을 자행했던 것이다.

그 후론 다른 조직원들이 자신과 동생들을 보는 눈빛이 달라졌다.

더 이상 자신은 조직의 3인자가 아니었다.

그렇지만 참기로 했다. 언젠가는 다시 조직의 3인자로 대우받을 때가 올 것이라 믿으며 말이다.

한데 방금 동생인 신욱에게 이상한 말을 들었다.

"그게 사실이냐?"

"제가 무엇 때문에 형님께 거짓말을 해요!"

신욱은 답답하다는 듯 남창욱을 보며 소리쳤다.

대답하던 그의 목소리가 조금 컸는지 한쪽에서 술을 마시던 동생들의 시선이 그곳에 꽂혔다.

끼기기긱.

도저히 믿을 수 없는 이야기를 들었기에 자신이 잘못 들었을 수도 있어 다시 한번 물어보았다.

하지만 답답해하며 똑같이 말하는 동생의 말에 자신이 잘못 들은 것이 아님을 깨달았다.

"개새끼!"

으드득.

남창욱이 거친 욕설을 내뱉으며 어금니를 꽈악 깨물었다.

자신에게는 연예인을 섭외하는 개런티도 되지 않는 돈을 던져 주며 파티에 데려오라 했으면서, 부두목인 남상호에게는 무려 5천만 원이나 챙겨 주었다. 따로 수고비로 1천만 원을 주었고.

총 6천만 원이었다.

이는 남창욱이 반년 정도는 벌어야 만질 수 있는 금액이었다.

사실 남창욱이 조직의 3인자라 하지만, 그가 관리하고 있는 구역에서는 1년에 1억 원도 겨우 만질 수 있었다.

그중 40%는 두목인 신창호에게 상납하고, 남은 돈으로 동생들과 나눠 갖는다.

그렇게 되면 솔직히 집에 가져다주는 돈은 정말 얼마

되지도 않았다.

그 때문에 가끔 두목인 신창호가 일을 시키면서 던져 주는 수고비가 고마웠다.

그런데 신욱의 이야기를 듣고 나니 이건 뭐 호구가 따로 없는 것 아니겠는가.

자신은 신창호에게 조직의 3인자가 아닌 호구였던 것이다.

신창호가 자신을 정말로 조직의 3인자로 인정했다면, 그런 어처구니없는 일은 벌이지 않았을 거라는 생각이 들었던 까닭이다.

"그동안 이 남창욱이가 호구로 보였나 보네."

아무리 생각해도 자신은 그저 호구였던 듯싶었다.

"안 그러냐? 신욱이, 네 생각은 어떠냐?"

"형님, 저도 그렇게 생각합니다. 제가 태식이에게 그런 말을 들었을 때, 정말로 제 귀가 잘못된 것이 아닌가 하는 생각도 했었다니까요. 그런데……."

신욱은 자신들도 그동안 속고 있었던 걸 태식에게 들어 알게 되었다고 말했다.

"형님, 형님이 한 번 상호 형님을 좀 만나 보시는 게 어떻겠습니까?"

자신의 이야기를 듣고 흥분하는 남창욱을 보며 넌지시 말했다.

"뭐, 내가 상호 형님을 만나서 어쩌라고……."

자신이 속고 있었다는 것에 화가 나지만 지금 부두목인 남상호를 만나는 것은 다른 문제였다.

남상호가 말려 줘 무사할 수 있기는 했지만, 의심이 많은 신창호가 부두목인 남상호를 만나는 걸 알게 된다면 어떻게 나올지 알 수가 없었다.

자신이 반란을 모색한다고 신창호가 생각한다면 자신은 잘해야 은퇴고, 최악은 속초 앞바다의 물고기 밥이나 물고기 집이 될 수도 있었다.

그만큼 2인자인 남상호를 만나는 것은 신중해야만 했다.

"위험하지 않을까?"

분명 위험하다 생각은 들지만, 그렇다고 이대로 있다가는 정말로 서열 밖으로 밀려날 수 있었다.

"형님, 우리에게는 이제 길이 없습니다."

신욱은 조금 전부터 자신의 말에 귀 기울이고 있는 창욱을 더욱 자극했다.

실제로도 남창욱이나 자신들에겐 선택의 여지가 없었다. 이미 한차례 얼굴이 팔려 버렸기 때문이다.

직속은 아니더라도 조직의 동생들 앞에서 개망신을 당했기에, 이 바닥을 뜨거나 다른 길을 모색하는 길밖에 없다 여길 뿐이었다.

"좋아. 그럼 네가 한 번 상호 형님에게 연락을 좀 해 봐."

남창욱은 마지못해 대답하였다.

그의 대답에 신욱은 그가 보지 못하는 순간 눈빛을 반짝였다.

"알겠습니다. 제가 한 번 다녀오겠습니다."

대답을 한 그는 그대로 자리에서 일어나 대폿집을 나섰다.

탁.

이야기를 들으면서 남창욱은 술잔에 술을 따라 계속 자작을 하였다.

술맛은 엄청 썼다.

그가 마시고 있는 것이 평소 자신이 즐겨 마시던 소주가 아닌 쓸개즙을 먹는 것처럼 무척 썼지만, 그걸 마시지 않으면 끓어오르는 화로 미쳐 버릴 것 같기에 마셔야만 했다.

＊　　　　＊　　　　＊

한편, 남창욱이 동생들과 술을 마시고 있는 모습을 은밀하게 관찰하는 이가 있었다.

'찾았다.'

수호는 어둠 속에 숨어, 불을 밝히고 있는 대폿집에서 술을 마시는 남창욱과 깡패들의 모습을 조용히 지켜보았다.

　며칠 전 자신이 직접 경찰서에 넘겼던 이들로, 그들은 하루도 되지 않아 경찰서에서 풀려났다.

　미성년자가 포함된 아이돌 그룹을 납치하려다 미수에 그치고 붙잡힌 깡패들이 어찌 된 영문인지 모두 풀려나 조사해 보니, 그들의 뒤에 한 지역의 시장과 시의원들이 있는 것 아닌가.

　뿐만 아니라 조폭들이 자신들의 일을 방해했다고 러시아에서 살인 청부업자를 불러온 것도 알게 되었다.

　설마 자신이 영화에 나오는 암살자의 타깃이 될 줄은 살아오면서 한 번도 상상하지 못했다.

　그런데 그런 일을 겪게 되었으니 수호로서는 황당한 기분이 들었고, 결코 유쾌하지도 않았다.

　그러자 암살자가 오기를 기다리기보단 차라리 먼저 살인 청부를 의뢰한 원인을 제거하기로 결심하고 속초로 왔다.

　바로 원인 제공자인 창호파를 제거하기로 말이다.

　조사하는 과정에서 창호파는 비단 속초 시장이나 시의원들만이 아닌, 러시아 마피아까지 연관이 있을 수 있음을 알게 되었다.

그 때문에 좀 더 시간을 두고 조사해 보았다.

그나마 다행인 건 창호파와 러시아 마피아 간에 뚜렷한 연결점이 없다는 점이었다.

한마디로 연결점인 속초시가 추진하는 해상 카지노 사업에 창호파는 있어도 그만, 없어도 그만인 세력인 셈이었다.

그러니 수호가 창호파를 제거하더라도 속초 시장이나 러시아 마피아들이 굳이 무엇 때문에 창호파가 없어졌는지 찾으려 하지는 않을 거란 소리다.

그 시간에 없어진 창호파 대신 궂은일을 해 줄 다른 청소부를 구할 것이라는 판단이 서자 수호는 다시 움직이기 시작했다.

첫 번째 타깃은 처음 자신과 마찰을 빚은 남창욱과 깡패들이었다.

그래서 창호파 인물 중 얼굴을 알고 있는 그들부터 제거하기로 했다.

작전에 들어가기 전, 수호는 속초시 인근 지형을 살폈다.

적당한 지형을 찾으면 대상을 목격자가 나오지 않을 한적한 공간으로 유인할 생각이었다.

설악을 끼고 있다 보니 속초시에는 수호가 원하는 곳이 상당히 많았다.

　대폿집의 불이 꺼졌다.

　남창욱과 그의 부하들이 아직 안에 남아 있었지만, 무슨 일인지 가게 사장은 주방의 불을 끄고 가게를 떠났다.

　아무래도 남창욱과 그의 부하들이 나갈 생각을 하지 않자, 그들이 가기를 기다리는 걸 포기하고 그냥 퇴근하는 듯 보였다.

　그래도 달빛과 네온사인 때문에 안은 희미하나마 식별이 가능했다.

　수호는 그곳을 먼 거리에서 가만히 지켜보며 눈을 반짝였다.

　속초 해변에 늘어서 있는 가게들 중 마지막 불을 밝히고 있던 그곳마저 불이 꺼지니 주변은 고요하기만 했다.

　스윽.

　수호는 조심스럽게 몸을 일으키며 주변을 한 번 돌아보았다.

　그의 눈에 들어오는 것은 밝게 빛나는 달빛으로 인해 부서지는 파도의 포말뿐이었다.

"아무도 없군."

주변을 살핀 뒤 아무도 없는 것을 확인한 수호는 남창욱과 그의 부하들이 있는 대폿집으로 천천히 걸어갔다.

"슬레인, 주변을 살펴라."

혹시나 느닷없는 변수가 발생해 자신이 하려는 일에 목격자가 나오면 안 되기에 슬레인에게 명령을 내렸던 것이다.

[알겠습니다, 주인님.]

수호의 명령에 슬레인은 반경 5킬로미터 내를 살피기 시작했다.

너무 과한 감이 있었지만 조심해서 나쁠 것이 없기에 그랬다.

드르륵.

슬레인에게 주변을 살피란 명령을 내린 수호는 가게 앞에 도착한 후 바로 문을 열었다.

섀시로 된 미닫이문이었기에 쇠가 쓸리는 기분 나쁜 마찰음을 냈다.

탁.

문을 열고 들어간 수호는 바로 문을 닫아 버렸다.

"뭐야, 여기 영업 끝났어!"

불청객이 난입을 하자 안에서 바로 거친 소음이 터져

나왔다.

하지만 작정하고 들어온 터라 수호는 그런 협박에 당황하지 않았다.

저벅저벅.

수호는 조용히 혼자 앉아 자작을 하는 남창욱에게로 다가갔다.

한편, 동생 신욱을 부두목인 남상호에게 보낸 후 혼자 뭔가를 생각하며 자작하던 남창욱은 느닷없이 자신의 앞에 드리워진 그림자에 인상을 찡그렸다.

조금 전 누군가 가게 안으로 들어온 것은 알았지만, 별로 신경 쓰지 않았다.

잘못 들어온 손님이라면 주변에 있는 동생들이 알아서 처리할 거라고 생각했기 때문이다.

그런데 영업이 끝났다는 동생들의 위협적인 목소리를 들었음에도 자신의 앞에 그림자를 드리우자 의아한 생각에 그가 누군지를 쳐다보았다.

'어!'

자신의 옆에 서 있는 그림자의 주인을 살피던 남창욱은 깜짝 놀랐다.

무광의 검정색 라이딩 복장을 하고 있으며, 머리에는 용모를 알 수 없게 오토바이 헬멧을 착용한 인영이 눈에 들어왔다.

'뭐지?'

늦은 밤, 너무도 뜻밖의 모습을 하고 자신을 찾아온 상대에 창욱은 순간 당황했다.

'히트맨.'

가장 먼저 떠오른 것이었다.

다른 조직에서 보낸 히트맨이 아닐까 하는 생각이 불쑥 떠올랐기 때문이다.

하지만 히트맨이라고 하기에는 너무도 당당했다.

"뭐, 뭐야!"

순간적으로 당황해 창욱은 말을 더듬으며 소리쳤다.

퍽.

수호는 자신을 향해 소리치며 정체를 묻는 남창욱을 말없이 공격했다.

이미 이곳을 찾아왔을 때부터 한 명도 빠짐없이 처리할 계획이었기 때문에 굳이 정체를 밝힐 생각이 없었다.

꽈당!

기습적으로 수호의 공격을 받은 남창욱은 저항 한 번 못 하고 테이블에 머리를 박고 쓰러졌다.

"뭐, 뭐야."

"형님."

"창욱 형님!"

수호가 가게 안으로 들어올 때 소리쳤던 깡패들은 남창욱이 수호가 내지른 주먹에 맞고 쓰러지자 깜짝 놀랐다.

"저 새끼 죽여!"

한쪽에서 술을 마시던 깡패들이 일제히 자리를 박차고 일어나 수호를 향해 달려들었다.

우당탕탕!

하지만 깡패들이 자신에게 달려드는 것을 수호는 가만히 지켜보지 않았다. 그런 건 영화에서나 있을 뿐이었다.

무작정 덤벼드는 깡패들의 모습에 수호가 빈틈을 살피며 그 사이로 파고들었다.

퍽. 퍽. 퍽.

너무도 간결하지만 강력한 한 방씩을 깡패들에게 공평하게 먹여 주었다.

쿵!

수호를 향해 달려들던 깡패들은 마치 동시에 묶인 줄이 끊어진 마리오네트처럼 바닥에 쓰러졌다.

"슬레인, 주변 상황 어때?"

가게 안에 있던 깡패들을 모두 처리한 수호는 슬레인을 호출해 물었다.

[반경 1킬로미터 내에는 아무도 없습니다.]

밤이 꽤 늦은 시간, 모든 가게의 영업이 끝난 이곳 해변을 찾는 이는 없었다.

주변에 아무도 없다는 보고를 받은 수호는 조용히 가게를 빠져나와 어디론가 향했다.

*　　　*　　　*

신욱은 남창욱과 동생들이 술을 마시고 있는 대폿집을 나와 베니키아 호텔로 왔다.

똑똑.

"누구야!"

문 안쪽에서 거친 목소리가 들려왔다.

"남창욱 형님 밑에 있는 신욱이라고 합니다."

자신의 신분을 밝히자 안에서 문이 열렸다.

덜컹.

"들어와라."

마침 기다리고 있었는지 신욱이 정체를 밝히자 바로 문이 열리며 그를 맞았다.

"형님, 안녕하셨습니까?"

그가 안으로 들어가자 그곳에는 창호파 부두목인 남상호가 의장에 앉아 있었다.

주변에 다른 조직원들도 여럿 있었지만 신욱의 눈에

가장 먼저 들어온 사람은 상석에 앉아 있는 남상호였다.

"그래, 어떻게 되었냐?"

사전에 이야기된 것인지 남상호가 눈을 부릅뜨며 물었다.

"창욱 형님이 만나시겠답니다."

"그래?"

"예, 솔직히 지금까지 큰형님이 창욱 형님에게 이것저것 많이 시키시면서 대우도 제대로 해 주시지 않았지요?"

이미 자신이 모시는 남창욱이 조직의 큰형님인 신창호에게 어떤 대우를 받고 있었는지 떠들었다.

말로는 조직의 3인자라고 하면서 정작 대우하는 것을 보면 그냥 쓰다 버릴 똘마니로 보였다.

하지만 그동안 신욱이나 다른 동생들은 불만이 있어도 자신들이 모시는 형님인 창욱이 그렇게 생각지 않았기에 묵묵히 참고 기다렸다.

그런데 돌아온 것이 여러 동생들 앞에서 오뉴월 개 맞듯 맞았으니 이보다 더 분한 것이 없었다.

그랬기에 남창욱이 따로 술을 마시며 분을 삭였던 것인데, 한 번 든 분은 쉽게 가라앉지 않았다.

거기에 신욱의 친구이면서 부두목인 남상호 밑에서

생활하던 이에게 이야기를 전해 듣자 마음이 완벽히 돌아섰던 것이다.

"상호 형님이 아시고 계시는지 모르겠지만, 그때 저희가 그런 일을 벌이게 된 것도 사실 큰형님 때문입니다."

"응, 그건 또 무슨 말이냐?"

남상호가 한탄을 하듯 쏟아 내는 신욱의 이야기에 관심을 보이며 물었다.

신창호가 속초시의 패권을 차지하기 전까지만 해도 자신과의 관계는 나쁘지 않았다.

하지만 속초시의 주도권을 잡은 뒤로 신창호는 자신과 거리를 두기 시작했다. 그러면서 자신을 견제하기 위해 남창욱을 키웠다.

무엇 때문에 형님인 신창호가 자신을 견제하는 것인지 알고 있기에 남상호는 은인자중하면서 때를 기다렸다.

괜히 기분 나쁘다고 티를 냈다가는 언제, 어느 때 제거될지 몰랐기 때문이다.

그러면서 은밀하게 남창욱 밑에 있는 동생들에게 신경을 썼다.

창욱이 너무 확고하게 두목인 신창호에게 맹목적인 충성을 하고 있어 그에게 줄을 댈 수 없었지만 그 밑에 있는 아이들은 달랐다.

원래 신창호의 손이 작다는 것을 알고 있었기에 말로는 3인자라 하며 추켜세우지만, 그는 결코 남창욱에게 많은 지원을 하지 않을 걸 알고 있었다.

그러니 맹목적으로 충성하는 남창욱에게 접근하기보단 그 밑에 있는 애들을 붙잡는 것이 나중을 위해서라도 나은 판단이었다.

그리고 자신의 생각이 맞았다는 결론을 내렸다.

'역시 내 생각이 맞았어.'

남상호가 그렇게 속으로 웃고 있을 때, 신욱의 한탄은 계속되었다.

"어르신들 파티에 여자들을 동원하라며 1천만 원을 주었습니다."

신욱은 플라워즈를 파티에 부르기 위해 신창호가 준 것이 1천만 원이라는 이야기를 하였다.

"응?"

이야기를 들은 남상호는 속으로 설마 하는 생각을 하였다.

웬만한 연예인 한 명을 부르는 데도 그 만큼의 돈은 들었다.

물론 인기가 어느 정도냐에 따라 다르겠지만 조금 알려진 연예인이라면 최소 그 정도였다.

"그럼 수고비는?"

보통 상식선에서 이해되지 않는 돈이었기에 혹시나 싶은 생각에 동생들 동원하는데 들어간 수고비에 대해 물었다.

"그런 게 어디 있습니까? 그동안 창욱 형님은 큰형님에게 충성을 한다고 그저 큰형님이 주는 돈으로 모든 것을 해결했습니다. 그게 부족하면 업장에서 거둬들인 돈 중 일부를 사용해 충당했습니다."

"뭐, 그게 무슨……."

남상호는 이야기를 들을수록 기가 막혔다. 이게 무슨 건달이란 말인가.

신창호는 동생들과 술을 함께 마실 때면 언제나 강조하던 것이 의리였다.

그런데 지금 이야기를 들어 보면 그 안에 의리란 것이 정말로 있는지 의심이 들었다.

이건 건달이 아닌 동내 양아치 내지는 고삐리들 일진 놀이로만 들렸다.

"그러던 중 형님에게 파티에 부를 여자들 섭외로 5천만 원을 주고, 또 수고비를 따로 챙겨 주셨다는 이야기를 들은 창욱 형님도 더 이상 이런 대우를 받을 수 없다며 절 보낸 겁니다."

신욱도 이곳에 오기 전 술을 좀 마셔서 그런지 그동

안 속에 담아 두었던 이야기를 남상호 앞에서 술술 털
어놓았다.

"그래, 그동안 고생이 많았다."

"아닙니다. 그나마 형님께서 애들 용돈도 챙겨 주시
고 해서 좀 나았습니다."

"일단은 창욱이 생각도 알았으니, 그럼 내일 오후 4시
쯤에 라마다에서 보자고 해라."

"오후 4시 라마다 호텔이요."

"그래, 그리고 너무 많이 몰려오면 혹시나 큰형님 귀
에 들어갈지 모르니 한 명만 데려오라고 해라."

"알겠습니다."

신욱은 모든 이야기를 마친 후 내일 만날 약속을 잡
고 자리에서 일어났다.

"그럼, 내일 뵙겠습니다."

자리에서 일어난 신욱은 허리를 숙이며 인사하곤 사
무실을 나섰다.

*　　　*　　　*

남창욱과 깡패들을 처리한 수호는 그들의 시체를 모
처로 옮긴 후, 또 다른 타깃을 찾아 이동하였다.

그리고 도착한 곳이 바로 창호파의 2인자가 관리하고

있는 나이트클럽이 소재한 베니키아였다.

이곳 호텔 지하에 남상호가 관리하는 나이트클럽은 속초 시내에서 상당히 떨어져 있었지만 관리를 잘했기 때문인지 손님이 꽤 많았다.

"슬레인, 여기 출입구 말고 그놈들이 주로 사용하는 다른 출입구는 없어?"

거친 인상의 깡패들이 일반 손님들이 이용하는 출입 문을 함께 사용하게 되면 손님이 떨어져 나가기에 분명 그들만이 사용하는 출입구가 따로 있을 것 같아 물었 다.

[다른 출입구는 없고, 화재나 비상시를 위해 만들어 놓은 비상구는 있 습니다.]

전용 출입구는 없지만 비상구는 존재한다는 슬레인의 말에 수호가 눈을 반짝였다.

"혹시 모르니 그곳으로 가자."

수호의 말이 떨어지기 무섭게 바이져 표면에 호텔의 투시도가 떠올랐다.

투시도엔 목표 지점이 파란 점으로 표시되었고, 그가 있는 지점엔 빨간 점이 깜빡거렸다.

슬레인이 호텔 설계도를 바이져 표면에 표시하고 마 치 내비게이션처럼 목적지를 안내하였다.

비상구의 출구가 있는 곳은 호텔 좌측에 있는 주차장

에 있었다.

늦은 시각이었지만 주차장에는 제법 많은 차들이 주차되어 있었다.

하지만 불을 밝히는 조명이나 도난을 방지하기 위해 설치한 보안 카메라는 보이지 않았다.

돈을 아끼기 위해선지, 아니면 탈선을 조장하려는 것인지 모르겠으나 아무튼 호텔 주차장에는 그 어떠한 것도 존재하지 않았다.

수호는 주차장에 도착해 잠시 걸음을 멈추고 주변을 살펴보았다.

그러던 중 그의 눈에 누군가가 비상구를 빠져나와 주차장으로 들어서는 것이 보였다.

스윽.

사람의 형상이 보이자 수호는 본능적으로 몸을 감추었다.

자신이 하려는 일은 사람을 죽이려는 것이기 때문에 혹시라도 누군가에게 모습을 보여서는 좋을 것이 없었다.

[주인님.]

"왜."

[조금 전 술집에서 빠져나갔던 그놈입니다.]

슬레인은 아까 남창욱과 깡패들이 술을 마시던 곳에

서 나갔던 깡패 하나를 발견해 수호에게 알렸다.

"그렇지. 빠져나갔던 놈이 하나 있었어!"

자신의 얼굴을 알고 있는 자들 중 마지막 하나가 남았음을 기억한 수호는 고개를 끄덕였다.

10. 창호의 종말

신욱이 나가자 사무실에 남은 남상호와 그의 수하들의 표정이 굳어졌다.

지금 이들이 하려는 일은 예전에 신창호가 그랬던 것처럼, 그를 자리에서 끌어내려 남상호가 차지하려 함이었다.

즉, 쿠데타를 일으키려는 것이다.

이미 준비는 완벽하게 되어 있었다.

속초시에 있는 세 개의 조직 중 하나가 자신과 연수를 하기로 했다.

이에 조금 더 성공 확률을 높이기 위해 두목인 신창

호의 눈 밖에 난 남창욱을 끌어들이려는 것이다.

창호파의 두목인 신창호가 예전에도 욕심은 있었지만 지금처럼 양아치는 아니었다.

그랬기에 자신도 그렇고, 아래 동생들도 신창호를 큰형님으로 모셨던 것이다.

그런데 평화가 너무 길어서 그랬는지 신창호의 욕심은 점점 커져만 갔다.

그러다 보니 아래 동생들에게 베푸는 것이 인색해져 버렸다.

아무리 남들이 조폭이나 깡패라 불러도 자신들끼린 건달이라 불렀다.

그럼 건달이라 부를 수 있는 명분은 갖춰야 하는 것이 아닌가.

최고 큰형님이라 불리는 신창호가 양아치처럼 얼토당토않은 돈을 주면서 동생들에게 일을 시키면 되겠는가.

더군다나 조직의 3인자라 할 수 있는 존재가 자신의 체면을 구기게 만들었다고 동생들도 많은 곳에서 그렇게까지 창피를 줘야 했을까.

남상호는 아무리 생각해도 그건 아니란 생각이 들었기에 결심했던 것이다.

그리고 예전, 신창호가 그 위에 있던 형님들을 제거한 명분을 그대로 동생들에게 알렸다.

자신의 직계에 있는 아이들은 모두 자신의 결정에 찬성했다.

남창욱의 경우, 그동안 두목인 신창호에게 너무 맹목적인 충성을 보여 왔기에 그런 생각을 해 보지 않았다.

괜히 신창호가 자신을 제거하기 위해 눈을 부릅뜨고 경계하고 있을 때, 명분을 주지 않기 위해서였다.

하지만 신창호가 먼저 남창욱을 팽한 상태에서 자신에게로 때가 찾아왔다.

더욱이 속초시 3대 조직 중 하나인 대원이파와 손을 잡았다.

일이 끝난 뒤엔 창호파에서 잡고 있는 구역 중 속초시청 북쪽을 넘겨주기로 하였다.

이는 혹시나 자신이 일을 벌일 때, 다른 조직이 어부지리를 노리고 자신의 뒤통수를 치고 들어올 수 있었기에 대원이파와 손을 잡았던 것이다.

물론 대원이파가 다른 조직과 손을 잡고 자신의 뒤를 노릴 수도 있었다.

그렇기에 남창욱의 세력을 이번 일에 끌어들이려는 것이다.

그래야 혹시라도 대원이파와 다른 조직이 뒤통수를 쳐도 대응할 수 있었다.

"채대원이는 어디까지 왔다고 하냐?"

채대원과 손을 잡고 일이 끝난 후 속초 시청 북쪽 지역을 넘겨준다는 구두 약속만으론 계약이 완벽하다 할 수 없으니, 오늘 계약서를 쓰기로 했기에 물었다.

"곧 도착한다고 합니다."

"알았다. 계약까지 실수 없게 준비해라!"

남상호는 조금 후의 대원이파와 계약하는 것에 무척 신경 썼다.

그것이 바로 자신이 속초시 암흑가의 지배자가 되는 첫걸음이었기 때문이다.

*   *   *

수호는 비상구를 나와 주차장으로 걸어오는 신욱을 향해 천천히 나아갔다.

하지만 급히 비상구를 빠져나오던 그는 자신을 향해 걸어오는 수호를 보지 못했다.

자신의 곁에 사신이 다가오는 것도 모른 채 신욱은 신이 나서 발걸음을 빨리하였다.

어서 조금 전 남상호에게 들은 이야기를 형님인 남창욱에게 전달해야 하기 때문이었다.

"신욱 씨?"

그를 스쳐 지나가면서 확인 차 신욱을 불렀다.

"뭐야."

느닷없이 자신의 이름을 부르는 목소리에 신욱은 자신도 모르게 걸음을 멈추고 옆을 돌아보았다.

그곳에 오토바이 헬멧을 쓴 사람이 서 있었다.

조명 하나 없는 어둠 속이라 잘 분간이 되지 않았지만 헬멧을 쓰고 있어 정체를 알 수가 없었다.

"창호파 신욱이 맞군."

확인을 마친 수호는 다시 한번 중얼거리며 순간 신욱이 반응하기도 전에 그의 뒤로 돌아 턱과 이마를 잡고 반대 방향으로 비틀었다.

우둑.

털썩.

그러자 순간적으로 머리가 돌아가며 목뼈가 부러져 버렸다.

그러자 신욱은 마치 바람 빠진 광고용 풍선 인형처럼 풁 쓰러졌다.

수호는 목뼈가 부러져 축 늘어진 그의 시체를 들고 주차장 구석으로 가져갔다. 그러곤 너무 외지고 어두운 곳이라 사람들의 눈에 잘 띄지 않는 곳에 숨겼다.

신욱의 시체를 숨긴 후엔 조금 전 그가 나온 비상구를 열고 안으로 들어갔다.

저벅저벅.

복도라 그런지 천천히 걷는데도 발자국 소리가 울렸
다.

[한층 위에 사람들이 모여 있습니다.]

계단에 도착하자 슬레인이 보고하였다.

건물 안으로 들어서자 슬레인은 가장 먼저 건물의 방
범 시스템에 침투해 통제권을 확보했다.

그리고 건물에 있는 CCTV 화면을 조작하여 수호가
찍힌 부분을 삭제하고, 다른 화면으로 대체하였다.

스윽.

수호는 비상구 계단 출입문을 열고 위쪽으로 올라갔
다.

"위가 어떤지 말해 봐!"

이곳에 있는 창호파 조직원들의 상황을 알기 위해 슬
레인에게 물었다.

[누군가를 기다리는 것인지 사무실 밖에 여섯 명이 대기하고 있습니다.]

"그래, 혹시 그들이 하는 이야기를 들을 수 있을까?"

그들이 모여 무슨 이야기를 하고 있는지 알아볼 필요
가 있어 가능한지를 물었다.

[현 상태에서는 이곳 호텔의 보안 시스템에 마이크 기능이 없어 알 수
없습니다.]

베니키아 호텔은 지어진 지 20년 된 오래된 건물이었
다.

중간에 한 번 리모델링을 하기는 했지만, 내부 인테리어만 바뀌었을 뿐 내부 보안 시스템은 20년 전 그대로였다.

그렇기 때문에 사실 호텔 내부 보안을 위해 설치해 둔 CCTV도 제대로 작동하지 않는 것이 있었지만 아직까지 교체하지 않고 있었다.

그런 보안 시스템을 가지고 있기에 대화를 들을 수 있는 기능이 없는 것은 당연했다.

[위로 올라가시면 스마트워치의 기능으로 들을 수는 있습니다.]

외부 기기에 그런 기능이 없어 수호가 요구하는 명령을 이행할 수 없자 슬레인이 대안을 말했다.

수호가 손목에 차고 있는 스마트워치는 여러 기능을 가지고 있는데, 그중 하나가 바로 이런 감청 시스템이었다.

"알았다. 감청 기능 켜 줘."

조심스럽게 계단을 오른 수호는 밖의 상황을 알기 위해 스마트워치의 감청 기능을 켜라고 말했다.

[감청 기능 시스템 ON!]

슬레인이 명령에 따라 감청 기능을 켜자 그가 쓰고 있는 헬멧에서 벽을 넘어 복도에 있는 이들의 대화 소리가 들렸다.

― 조금 뒤면 대원이파에서 형님을 만나러 오기로 했으니, 실수 없도록 해.

― 알겠습니다, 형님.

― 이번 일만 잘 끝나면 너희나 나나 지금과는 다른 세상을 살게 될 거다. 그러니…….

― 물론이죠. 내일이면…….

'뭐지?'

복도에서 들려온 깡패들의 대화 내용이 조금 이상했다.

창호파가 아닌 대원이파의 누군가가 이곳 관리자를 만나기 위해 오는 것 같은데, 그와 관련해 뭔가 음모가 있는 것 같았다.

[아무래도 창호파 2인자인 남상호가 쿠데타를 기획하고 있는 것 같습니다.]

수호가 생각에 잠겨 있을 때, 슬레인은 깡패들의 대화에서 가장 가능성 있는 정보를 유추해 그것을 보고하였다.

'쿠데타?'

수호는 그 말에 깜짝 놀랐다.

군인 출신, 그것도 특수부대 출신인 그에게 쿠데타란 트라우마와 같은 단어였다.

쿠데타란 단어가 무엇 때문에 수호에게 트라우마라 하는가 하면, 오래전 대한민국이란 나라가 건국되면서 몇 번의 군사 쿠데타가 발생을 하였다.

그때마다 상당한 사람들이 희생되었다.

그중에는 사회에 해충과 같은 자도 있었지만, 무고한 희생자도 다수 포함되었다.

그런데도 수호가 민감하게 반응하는 이유는 쿠데타에 동원된 세력 중 특수부대가 꼭 존재했기 때문이다.

이 때문에 후대의 군에서 다시는 이런 비극이 일어나지 않게 특전사 혹은 특수부대는 반드시 정치적 중립을 지킬 것을 세뇌에 가깝게 교육시켰다.

그러다 보니 쿠데타란 말만 들어도 거부감이 들 정도였다.

방금도 남상호가 쿠데타를 준비하는 것 같다는 슬레인의 말을 듣자 목덜미와 팔에 닭살이 돋았다.

'여기서 인원이 드러나면 조용히 처리하기 힘들어질 것 같으니, 그 대원이파란 것들이 도착하기 전에 저것들을 처리하자.'

순간적으로 수호는 결심하였다.

남상호가 무엇 때문에 다른 깡패들을 끌어들여 쿠데타를 하려는 것인지는 모르겠지만 그건 자신과 하등 관계가 없었다.

이미 창호파에 속한 깡패들을 모두 죽이기로 결심하고 또 실행에 옮긴 상태이지 않은가. 그러니 목격자가 나타나기 전에 빠르게 일을 끝내고 자리를 뜨기로 하였다.

지금까지는 주변에 사람이 없어 그냥 맨손으로 처리하였지만, 이곳에서는 그럴 수가 없었다.

같은 층에 나이트클럽이 존재하니, 언제 어느 때 사람이 이곳에 들어올지 몰랐다.

그러니 최대한 빠르게 처리하기 위해선 뭔가 무기가 될 만한 것을 찾아야 했다.

하지만 아무리 주변을 둘러보아도 무기가 될 만한 것이 없었다.

사실 이런 것은 이곳에 오기 전에 준비해야 했지만 깜빡했다.

'미리 챙겨 왔어야 했는데…….'

수호는 자신의 실수를 인정했다.

그렇지만 실수를 인정한다 해도 시간이 없었다.

'어쩔 수 없지.'

주변을 둘러보다 무기가 될 만한 것이 보이지 않자, 수호는 어쩔 수 없다는 생각에 계단 난간 살에 손을 가져다 댔다.

텅.

계단 난간을 받치는 난간 살을 떼어 낸 수호는 그것에 다시 한번 힘을 써 몇 조각으로 나눴다.

한편, 복도에서 대원이파가 오길 기다리던 깡패들은 방화 문 너머 비상계단 쪽에서 소음이 일자 고개를 갸웃거렸다.

"무슨 소리 못 들었어?"

"무슨 소리 말씀입니까?"

"못 들었습니다."

"비상구 너머에서 뭔가 소리가 난 것 같습니다."

다른 사람은 못 들었다고 하는데, 그중 하나가 비상구 계단에서 소리가 났다고 대답하였다.

"가서 확인해 봐!"

소리가 들렸다는 말에 처음 물어보았던 자가 소리쳤다.

그러자 대답했던 사내가 비상구로 걸어갔다.

끼익. 휘익.

탁!

계단을 확인하기 위해 비상구를 열었던 사내는 마치 안에서 누군가가 그를 잡아당긴 것처럼 확 딸려 들어갔다.

그러곤 비상구 문이 빠르게 닫혔다.

"뭐야."

"무슨…….."

"태식아, 무슨 일이야!"

계단에서 난 소리를 알아보기 위해 갔던 태식이 무언가에 의해 끌려가는 모습을 본 깡패들이 그를 불렀다.

하지만 계단에서는 아무 소리도 들리지 않았다.

"형님, 어떻게 할까요?"

깡패들은 처음 태식에게 알아보라고 명령하였던 사내를 보며 물었다.

"음, 너희 둘이 가 봐."

"예."

명령을 받은 깡패 둘이 조심스럽게 비상구로 향했다.

그런데 막 이들이 비상구를 열기 전, 갑자기 문이 열리며 검은 인형이 이들을 덮쳤다.

획획!

바람을 가르는 섬뜩한 소리가 이들의 귓가를 스치고 지나갔다.

그런데 그 뒤에서 앓는 듯한 신음 소리와 함께 무거운 무언가가 쓰러지는 소리가 들렸다.

하지만 비상구 가까이 있던 이들은 뒤를 돌아볼 수 없었다.

그들을 덮친 인영이 반항도 해 보기 전에 명치에 강력한 한 방을 먹였기 때문이다.

퍽퍽.

우드득! 우드득!

마치 포대 자루를 두들기는 듯한 소리와 함께 **뼈** 부러지는 소리가 연달아 들렸다.

털썩털썩.

복도에 있던 여섯 명의 깡패들이 쓰러지는 건 순식간이었다.

한 명은 계단에서 들린 소리를 알아보기 위해 계단에 접근하다 죽었고, 남은 다섯 명도 돌아오지 않는 동료를 찾아가다 둘이 죽었다.

비상구 문이 열리며 무언가 날아온 것에 맞아 비명도 지르지 못한 채 죽은 것이다.

뒤에 있던 세 명이 죽게 된 원인은 수호가 던진 계단 난간 살 조각 때문이었다.

무기가 필요해 떼어 낸 난간 살을 네 조각 낸 것 중 세 조각이었다.

사람을 죽이기 위한 무기로는 어울리지 않는 것이었지만, 하필이면 이 호텔의 계단 난간에 붙어 있던 난간 살은 속이 빈 스테인리스 제품이 아닌 1.5톤 철근이었다.

그것을 떼어 네 개의 조각으로 만들었으니 그 무게가 얼마나 무겁겠는가.

그런 것을 마치 단검을 던지듯 했고, 뒤에서 지켜보던 세 명의 깡패들 머리에 꽂혔다. 결과는 즉사였다.

복도에 있던 여섯의 깡패들을 처리한 수호는 지체하지 않고 그들이 지키고 있던 사무실 안으로 뛰어들었다.

쾅!

"뭐야."

깡패들은 아무 대답도 없이 자신들이 있는 곳으로 누군가가 난입하면 같은 말을 하기로 약속한 듯 똑같이 외쳤다.

하지만 사무실 안으로 난입한 수호는 그런 질문에 대답해 줄 생각이 없었다.

대답보다 먼저 손이 휘둘러졌다.

바람을 가르는 소리와 동시에 들린 억눌린 듯한 신음.

퍽.

"윽."

수호가 사무실로 난입함과 동시에 남은 철근 조각 하나를 던졌다.

그가 던진 철근 조각은 여지없이 안에 있던 두 사람 중 한 명의 가슴에 틀어박혔다.

두 명 중 하나가 쓰러져도 수호는 시선도 주지 않고

남은 한 명을 공격했다.

꽈직.

수호의 공격을 받은 남상호의 뼈가 으스러지듯이 들렸다.

너무도 강력한 공격에 뼈가 부러지는 것을 넘어 으스러졌던 것이다.

뿌드득.

자신의 공격을 받고 쓰러진 남상호의 목을 밟고 힘을 주자 목뼈는 요란한 소리를 내며 부러졌다.

"컥!"

목뼈가 부러지면서 남상호는 단말마의 비명을 지르곤 죽어 버렸다.

속초시 암흑가의 정상을 눈앞에 두고 쿠데타를 꿈꾸던 남상호는 그렇게 갔다.

[창호파 이인자와 그의 직계를 전부 처리했습니다. 이제 남은 것은 창호파 두목인 신창호와 열다섯 명뿐입니다.]

슬레인의 말을 들은 수호는 지체하지 않고 방금 전 자신이 처리한 창호파 부두목인 남상호와 또 다른 시체를 들고 사무실 밖으로 나왔다.

그리고 시체를 계단으로 옮긴 뒤 복도에 있던 시체들도 옮겼다.

그런 후 복도에 남은 흔적을 지우고 다시 계단에 옮

겨 두었던 시체들을 들어 모처로 가져갔다.

*　　　*　　　*

창호파의 우두머리인 신창호의 일과는 무척이나 바빴다.

비록 속초시라는 지방의 작은 도시에 자리 잡은 조직이지만 그의 꿈은 결코 이런 작은 도시에 멈춰 있지 않았다.

"진석아."

"예, 형님."

"요즘 창욱이는 뭐 하고 있냐?"

자신의 얼굴에 똥칠을 하는 바람에 동생들이 보는 앞에서 매질을 하기는 했지만 뭔가 시킬 일이 있으면 남창욱만 한 놈도 없었다.

"매일 술로 지새운다고 합니다."

대답하는 김진석은 자신보다 항렬이 높은 남창욱에 대한 보고를 하면서도 형님이란 소리를 하지 않았다.

전에야 꼬박꼬박 존칭을 사용했지만 며칠 전의 일이 있은 뒤로는 그런 존칭을 빼 버렸다.

그 정도로 동생들 앞에서 무시당했으니 건달로서 남창욱의 생명은 끝났다고 판단했던 것이다.

더욱이 조직의 큰형님인 신창호도 그런 김진석의 태도에 뭐라 말하지 않기에 진석의 그런 생각은 정설로 굳어졌다.

　그러다 보니 신창호의 직계로 있는 깡패들도 김진석과 마찬가지로 남창욱과 그 밑에 있는 깡패들을 무시하기 시작했다.

　"그래, 다른 움직임은 없고?"

　매일 술로 보내고 있다는 보고에 고개를 들어 다시 한번 물었다.

　"형님에게 그렇게…… 가고 난 뒤로는 매일 술을 마신다고 합니다."

　"흠……."

　시킬 일이 있어 남창욱에 대해 물었는데, 그 일이 있은 뒤로 매일 술로 산다는 보고에 잠시 고민해야 했다.

　뭔가 싸한 느낌을 받았다.

　자신의 작은 불편에 크게 화를 내고, 다른 사람의 큰 불편은 상관도 하지 않는 전형적인 소인배 신창호가 지금의 위치에 오를 수 있었던 것은, 자신에게 필요한 인재를 알아보는 눈과 바퀴벌레에 버금갈 정도로 발달된 생존 본능이 있었기에 가능했다.

　신창호는 이곳 속초시의 뒷골목의 정점에 설 수 있기까지 많은 우여곡절을 겪었다.

하지만 위기 때마다 신창호는 방금 전과 같은 알 수 없는 느낌을 종종 경험했다.

그리고 이런 느낌을 주는 상황을 벗어나기 위해 자리를 옮기거나 위협이 될 만한 행동들이나 인물은 피하였다.

그러다 보니 지금의 자리에 오를 수 있었다.

'이거 좋지 않은데!'

왠지 좋지 않은 느낌을 받기는 했지만 할 일이 있기에 이번만은 그냥 넘기고 진석에게 지시를 내렸다.

"일단 창욱이에게 연락해서 대원이파의 장대원하고 설악산파 주철한의 움직임을 감시하라고 해."

방금 전에 신창호가 말한 대원이파나 설악산파는 바로 그가 거느린 창호파와 함께 속초시에 자리 잡고 있는 3대 조직들이었다.

물론 속초시에 조직이 그들만 있는 것은 아니지만, 다른 조직은 다섯 명 이내의 고만고만한 양아치들이었다.

그러니 신창호가 신경 써야 할 정도의 조직은 대원이파와 설악산파 정도다.

"알겠습니다."

김진석은 두목인 신창호가 다시 남창욱을 찾자 속으로는 기분이 나빴지만 그것을 숨기고 바로 대답하였다.

그 후 지시를 이행하기 위해 밖으로 나가려는데, 신창호가 다시 한번 그를 불렀다.

"아, 잠깐. 그보다 먼저 드미트리에게 전화해서 내가 좀 만나자 한다고 전해."

드미트리.

방금 전 신창호가 말한 드미트리는 그가 그렇게나 줄을 잡고 싶은, 속초시가 추진하는 해양 카지노 사업의 러시아 파트너인 졸라따 카롭카의 한국 지사장이다.

한국에서는 골든 애플이란 상호로 농산물 유통은 물론이고, 가공 식품까지 거래하는 러시아 무역 회사를 운영하고 있었다.

"네. 알겠습니다."

김진석은 또 다른 지시를 받고 바로 밖으로 나갔다.

타닥. 타닥.

자신의 지시를 받고 김진석이 밖으로 나가자 신창호는 뭔가를 골똘히 생각하였다.

그런데 그의 손은 무의식적으로 의자의 팔걸이에 손가락을 두드렸다.

이는 그가 긴장하거나 뭔가 생각할 때면 하는 버릇이었다.

조금 전 문득 들었던 불길한 예감이 어디서 오는 것인지 파악하기 위해 생각에 잠기다 보니 나온 무의식적

행동이었다.

'뭐지, 내가 놓치고 있은 것이 도대체 뭘까?'

생각이 날듯 하면서도 그로 하여금 불안감을 갖게 만드는 그 무언가가 잘 생각나지 않았다.

하지만 그는 아직 모르고 있었다.

그를 처단하기 위해 사신이 그의 주변 가까이 다가와 있다는 것을 말이다.

*　　　*　　　*

창호파의 남은 조직원들을 처리하기 위해 그들이 자리하고 있는 오션베이 호텔에 도착한 수호는 703호에 체크인을 하였다.

수호가 호텔에 들어온 시각은 밤 11시.

처음 해변가 대폿집에서 남창욱과 그의 직속 깡패들 일곱 명을 처리하고, 또 베니키아 호텔로 가서 창호파의 이인자인 남상호와 그의 부하들까지 모두 처리한 후, 이곳 오션베이까지 두 시간이 채 걸리지 않았다.

이들이 한 장소에 있는 것도 아니고, 또 목격자도 없이 완벽하게 열여섯 명을 죽이고 아무도 모르는 곳에 유기하기까지 수호가 들인 시간은 두 시간도 걸리지 않았던 것이다.

참으로 놀라운 능력이 아닐 수 없었다.

물론 수호가 그렇게 완벽한 암살을 하기까지 슬레인의 도움이 절대적이었지만 말이다.

"현재 그놈은 뭘 하고 있지?"

수호는 들고 있던 헬멧을 벗고 슬레인에게 물었다.

[그는 현재 이곳 호텔 지하 2층에 있는 자신의 사무실에 머물고 있습니다.]

늦은 시간이었지만 신창호는 집으로 돌아가지 않고 자신의 사무실에서 일하고 있었다.

"그래, 그럼 난 좀 쉬고 있을 테니 한 시간 뒤에 깨워 줘."

육체적으로는 아직 힘이 남아돌았지만 정신적으로는 무척이나 피곤했다.

아무렇지 않게 깡패들 열여섯 명을 죽였지만, 사실 수호가 아무리 전장에서 실전을 경험했다고 해도 총을 들고 적을 죽이는 행위와, 직접 손으로 깡패들을 죽이는 것은 전적으로 달랐다.

총으로 테러범들을 죽이고 그들이 잡고 있던 인질을 구출하는 것이 마치 슈팅 게임을 하는 듯한 느낌을 받았다면, 이번 깡패들을 죽인 행위는 그것과는 천양지차로 정신적으로 피로하게 만들었다.

특히나 그가 소리를 최대한 내지 않기 위해 목뼈를

비틀어 깡패들을 죽일 때면 당시에는 몰라도 일을 처리한 뒤 밀려오던 그 느낌은 말로 형언할 수 없는 역겨움을 안겨 주었다.

그래서 그런지 모르겠지만 이제 창호파에 남은 열여섯 명만 처리하면 끝난다는 생각에 피로감이 밀려왔다.

일을 마무리하고 쉬는 것이 가장 좋겠지만, 현재 그의 정신적 피로감은 이루 말할 수 없이 심했다.

그러다 보니 어쩔 수 없이 휴식을 취하기로 했던 것이다.

만약 중간에 슬레인이 이런 조언을 하지 않았다면 수호는 사람의 생명을 하찮게 생각하는 살인마 내지는 소시오패스가 되었을지도 모른다.

그만큼 깡패들을 죽일 때의 수호는 전혀 죄책감을 느끼지 못했다.

뒤늦게 그런 것을 떠올린 수호는 자신을 막고 휴식을 권유하는 슬레인의 말을 따르기로 하고, 이곳 오션베이 호텔에 체크인을 한 것이다.

*   *   *

수호가 오션베이 703호에 체크인을 한 것도 모르고, 그를 뒤쫓아 속초까지 온 안톤은 그와 불과 벽 하나를 두고 701호에 묵고 있었다.

스윽. 스윽.

사용한 것은 아니지만 몇 번씩 분해와 조립을 한 터라 기름과 먼지가 묻었다.

그렇기에 안톤은 그것들을 정성스럽게 닦고 있었다.

총구와 약실을 청소하고 소음기와 연결되는 나사선을 닦으며 총기를 가다듬었다.

안톤이 이렇게 정성스럽게 총기를 청소하는 것은 총의 컨디션을 최상의 상태로 유지하려는 의미도 있었지만, 가장 중요한 것은 총기를 수입하면서 그의 정신도 암살자로서 긴장감을 높이려는 의도에서다.

마치 검객이 결투하기 전, 자신의 검을 닦으며 다음에 있을 결투를 준비하는 것과 비슷했다.

더욱이 상대는 결코 쉽지 않은 존재였다.

자신의 존재를 어떻게 알았는지 한 번도 사선에 걸린 적이 없었다.

처음에는 타깃의 움직임을 그리 신경 쓰지 않았기에 몰랐지만, 이곳에 와서 기다리는 동안 깨달았다.

타깃은 자신의 존재를 알고 있었다는 것을 말이다.

그렇지 않고서야 어떻게 자신이 저격을 준비하고 있을 때, 한 번도 밖으로 나오지 않을 수 있었을까.

그리고 아주 잠깐 조준을 하고 있던 것을 풀었을 때

에 맞춰 밖으로 나왔냐는 말이다.

이 모든 것을 조합해 보면 나오는 답은 하나였다.

타깃이 자신의 존재를 알고 있었다. 그러니 이번 타 깃은 결코 평범한 존재가 아니란 의미였다.

스윽. 스윽.

안톤은 그렇게 자신과 방 하나를 사이에 두고 자신이 죽여야 할 타깃이 휴식을 취하는 줄도 모르고, 마지막 임무에 성공하기 위해 정신을 예민하게 닦았다.

*　　　*　　　*

덜컹.

수호는 방에 들어온 지 정확하게 한 시간 3분이 지나 묵고 있던 방을 나왔다.

덜컹.

막 수호가 방을 나와 엘리베이터가 있는 곳으로 걸어 갈 때, 복도 끝에 있던 방에서도 방문이 열렸다.

수호는 본능적으로 몸을 돌려 걸음을 빨리했다.

현재 오토바이 헬멧을 쓰고 있지 않았기에 혹시라도 자신의 얼굴을 들킬 수 있다는 생각에 그리했던 것이 다.

수호가 본능적으로 정체를 들키지 않기 위해 몸을 돌

리고 걷는데, 그의 귓가에 슬레인의 목소리가 들렸다.

[주인님, 암살자입니다.]

슬레인의 목소리를 듣는 순간 수호는 깜짝 놀랐다.

암살자를 피해 일부러 먼저 움직인 것인데, 러시아에서 온 암살자가 바로 자신의 근처에 있었다는 것에 놀랐다.

[아직 그는 주인님의 정체를 파악하지 못한 상태이니 안심하십시오.]

한편, 타깃이 어떻게 움직일지 모르니 먼저 자리를 잡기 위해 늦은 시각 사람들의 시선을 피해 나오던 안톤은 방을 나오다 자신보다 먼저 복도에 누군가가 있다는 것에 놀라 멈췄다.

'헉!'

안톤은 순간 사람의 시선에 자신을 노출하지 않기 위해 멈췄다.

방문이 복도 밖으로 밀리며 열리는 방향이라 문 뒤에 있으면 복도에서는 볼 수 없는 구조다.

저벅, 저벅, 저벅.

걸음걸이가 조금 빠른 사람인지 발자국 소리는 빠르게 멀어져 갔다.

'한국인들은 저녁 늦게까지 돌아다닌다고 하더니, 하마터면 큰일 날 뻔했네.'

암살자인 그로서는 될 수 있으면 사람들의 시선에 들

지 않는 편이 좋았다.

암살자와 그의 타깃은 그렇게 엇갈렸다.

＊　　　＊　　　＊

[그자가 정체를 들키지 않기 위해 문 뒤에 숨었습니다.]

열린 문 뒤에 숨어 있는 안톤을 정확하게 보고 있던 슬레인은 주인인 수호에게 그의 상태를 보고했다.

'좀 더 빠르게 일을 끝내고 바로 떠나야겠군.'

[주인님, 떠나기보단 차라리 다시 돌아와 하루나 이틀 정도 이곳에서 지내다 가는 것이 좋을 것 같습니다.]

슬레인은 그건 아니란 생각이 들었다.

창호파가 사라진 날, 이곳에 묵었던 투숙객 중 한 명이 사라지면 어떻게 될까.

그것도 저녁 늦게 체크인을 했는데, 한 시간 정도 쉬다 바로 체크아웃도 하지 않고 말이다.

그럼, 당연히 가장 먼저 용의선상에 오를 것이다.

'흠, 그럴 수도 있겠군.'

수호가 생각하기에도 일리 있는 말이었다.

'조언 고맙다.'

[아닙니다. 이것이 제 존재 의의입니다. 주인님.]

슬레인은 수호의 칭찬에 기쁨을 감추지 않고 바로 대

답하였다.

슬레인과의 심상 대화를 마치자, 수호는 옆구리에 끼고 있던 헬멧을 썼다.

"보안 시스템 장악해."

헬멧을 쓴 수호는 바로 슬레인에게 명령을 내렸다.

늦었으니 호텔 보안실도 느슨해질 시간이었다.

[시스템 장악 완료했습니다.]

역시나 이런 지방 도시의 방범 시스템을 장악하는 것은 슬레인에게 식은 죽 먹기보다 쉬웠다.

슬레인이 호텔의 보안 시스템을 장악하자 수호의 움직임은 거침이 없었다.

복도와 엘리베이터 안의 CCTV도 더 이상 수호를 주시하지 않았다.

휙.

엘리베이터에서 내린 수호는 빠르게 달렸다.

*   *   *

오션베이 지하 2층 창호파 보스 신창호의 사무실.

그곳에는 열여섯 명의 창호파 조직원들이 바닥에 쓰러져 있었다.

그중에 두목인 신창호의 시신도 있었다.

신창호는 꽤나 억울했던지 죽은 뒤에도 눈을 감지 못했다.

[이곳 지하 2층 B11구역에 승합차 두 대가 있습니다.]

"그래?"

[두 대 모두 창호파 조직원 명의로 된 차량이니, 그것을 이용해 시체를 옮기면 될 것입니다.]

"알았다."

수호는 방금 전 자신의 손으로 처리한 창호파 조직원들의 시체를 어떻게 처리할까 고민을 했다.

16구나 되는 시체를 남들 눈에 띄지 않게 처리하는 것은 결코 쉬운 일이 아니었다.

그러다 같은 층에 창호파 명의로 된 승합차가 두 대나 있다는 소리에 고개를 끄덕였다.

두 차량에 절반씩 시체를 옮겨 처리하면 될 터였다.

*   *   *

대한민국 국립공원 중 하나인 설악산의 밤늦은 시간.

그곳에 이상한 소리가 골짜기를 울렸다.

척척.

주변엔 불빛 하나 없음에도 수호는 규칙적으로 삽질을 하였다.

척.

"휴."

미리 파 놓은 구덩이에 시체들을 하나씩 묻었다.

총 32구의 시체들이라 시간이 좀 걸렸지만 그리 힘들지는 않았다.

[고생하셨습니다, 주인님.]

"아니다. 너도 수고했다."

32구의 시체를 모두 땅에 묻은 수호에게 슬레인이 고생했다고 말하자 수호도 슬레인을 격려했다.

[이제 청부업자에게 연락을 해야죠.]

슬레인은 일의 마무리를 위해 수호가 마지막으로 해야 할 일을 말했다.

"그래야지, 연결해."

안톤에게 연락할 방법은 해킹을 통해 이미 알아 두었다.

<3권에 계속>